CONTRADIÓS

✦

C U A D E R N O S *

* D E L V I G Í A

MADRID - GRANADA 2018

Primera edición abril de 2018
© de los textos Salvador Perpiñá
© de esta edición Cuadernos del Vigía
Depósito legal: M-5004-2018
ISBN: 978-84-95430-74-8
Imprime Estugraf
Portada y maquetación Marta Vázquez Juárez

Editorial Cuadernos del Vigía
Madrid - Granada
www.cuadernosdelvigia.com

Contradiós

contradiós.
De contra y dios.
1. m. coloq. Acción absurda o vituperable.

Muerte y resurrección de Cecilio Catena

YA HABÍA CAÍDO la noche y Cecilio Catena paseaba oscuro y solemne por una calle comercial. Un pliegue desdeñoso en los labios, las manos a la espalda, ligeramente encorvado entre el clamor de las persianas que se cerraban. Dejaba a su paso, como la cola de un cometa declinante, la masculina fragancia de la loción Floïd para el afeitado.

No deseaba volver a su casa pero se le había hecho tarde y, cerradas las tiendas, tuvo que renunciar a unas compras pendientes. Privado de ese modesto placer, sólo le quedaba el camino de regreso, un camino que podría recorrer con los ojos cerrados. Pero ni esa familiaridad, ni el olor de los puestos de castañas le hicieron como tantas otras veces sentirse seguro. Al contrario, tuvo que alzar las solapas de su Burberry, tan abrigada, para aquietar un escalofrío.

Se demoró ante un escaparate y contempló un instante su propio reflejo sobre el fondo de mantelerías bordadas. Le desagradó su aspecto irremediablemente conservador, el de un rentista vestido en tonos beige, cuyas únicas pasiones eran ya la envidia y la masturbación.

Conforme se acercaba al portal pudo ver a una chica con una maleta de ruedas pulsando uno de los botones del portero automático. La posibilidad de tener que subir en el ascensor con alguien le desagradaba. Ya de cerca pudo observarla mejor. No era alta y no tendría más de veinte años. Gorro de lana, *kufiyya* al cuello, jersey y pantalones anchos y un aro en los labios, probablemente algún tatuaje. Todo en ella era redundante, como una ilustración de cuanto él detestaba, en especial esa morbosa compulsión viajera, que jamás había entendido.

Preguntó por una amiga que vivía en el quinto. Él le respondió con aspereza, los estudiantes del quinto hacía un año que ya no vivían allí. ¿Había dejado algún teléfono, alguna dirección?, insistía ella con un ligero temblor en la voz. Cecilio masculló otra negativa y se disponía a entrar en el portal cuando reparó en la manera en que entrelazaba la punta de sus dedos, escondidos en las mangas.

Se fijó por primera vez en su cara y se dio cuenta. Estaba asustada. Una moto pasó a lo lejos. Sintió como si una ola lo levantara y le hiciera perder pie.

¿Qué era aquello?, ¿de dónde venía esa corriente de ternura y piedad que le estaba atravesando y que le avergonzaba? Su voz le sonó ajena.

—¿No tienes dónde quedarte?

La calefacción les dio una bofetada al entrar. La condujo por un pasillo llamativamente largo. Su padre había comprado dos pisos contiguos para tener a mano la consulta. Se disculpó por una bombilla fundida, aunque ninguna luz podría animar el papel pintado de un gris opiáceo, donde se alternaban los viejos grabados de anatomía con deprimentes escenas de género de la España dieciochesca. En la oscuridad de las habitaciones una vitrina blanca con material médico, cortinas espesas, plata, espejos y enciclopedias.

En el cuarto donde ella dormiría aún había cajas con sus juguetes en lo alto del armario. Le dio unas toallas por si quería ducharse mientras él preparaba algo de comer. Ella comentó, sonriente, que su casa parecía una película.

Cecilio no supo cómo interpretarlo. No la había cambiado apenas, no podía concebir la idea de vivir en un lugar diferente. En una de aquellas habitaciones imaginaba viajes interplanetarios, en otra, intoxicado de tabaco negro y cafeína, preparó durante años unas oposiciones que nunca aprobaría, en otra vio por primera vez una mujer desnuda. Cada cuadro que le asustaba de pequeño, cada figurilla de porcelana, cada alfombra, estaban impregnados de la misma sustancia de su vida.

Empezó a preparar un bocadillo, no sabía hacer otra cosa. Al abrir el pan se hizo un corte en el dedo. Qué contrariedad.

Entró en la consulta de su padre. Espéculos, dilatadores, histerómetros, valvas, curetas y el olor a medicinas caducadas. Un calendario de mesa seguía abierto por el 10 de agosto de 1998. Ahí Cecilio robaba papeles de recetas para pillar dexedrinas. Mientras se aplicaba un apósito miró la camilla de exploración desde donde ella lo miraba tendida el día en que el doctor Catena cerró la puerta y lo dejó fuera de aquel asunto de familia. Podía oír al fondo el agua de la ducha cayendo sobre el cuerpo de su joven invitada. Ahora tendría su edad.

El dolor no había aflojado al volver a la cocina. Se dio cuenta de que una gota de sangre había caído antes sobre el pan abierto. La ocultó bajo varias lonchas de jamón.

En el salón dudó entre encender también la lámpara del techo o dejar sólo la luz velada de las pantallas. Optó por esto último para que no se viera mucho un cuadro en que un ciervo, con los ojos elevados al cielo, era devorado por una jauría. Al lado un reloj de pie. Su padre lo paraba al acostarse para que no le perturbaran las campanadas y empezaba litúrgicamente el día poniéndolo de nuevo en hora y empujando el péndulo.

—¿Te importa si lo pongo a cargar?

Tenía el pelo mojado, un móvil en la mano y venía envuelta en una nube de Heno de Pravia, fragancia de la que Cecilio Catena era un decidido partidario. Su olor reminiscente en la ducha suponía para él un momento diario de melancólica sensualidad. Se había cambiado, ahora llevaba algo menos característico, un vestido claro sin una forma definida.

Comía con un apetito envidiable. Él la observaba como quien observa escondido la actividad despreocupada de un animal del bosque. El sonido del péndulo del reloj hacía incómodo el silencio.

—¿Tú no comes?

—No tengo hambre.

No era cierto, pero le incomodaba comer delante de ella. Tuvo una buena idea.

—¿Te apetece algo de vino?

—Claro.

Cecilio abrió una botella y se sirvió también una copa para él. Luego fumaron. Ella liaba sus cigarrillos con unos dedos delgados, nudosos, él encendía un Coronas tras otro.

El vino facilitó la conversación. La chica tenía ideas muy firmes sobre muchos asuntos, pero él no quería escuchar sus opiniones, lo irritaban. Por suerte, pronto pasó a contarle cosas que le habían sucedido en sus viajes. Se sorprendió entretenido escuchándola. Fuera a donde fuera se las arreglaba siempre para encontrarse con los marchosos del lugar y meterse en líos. Tenía ese don.

Era un puro nervio, se sentaba en cuclillas sobre el sofá, se reía cuando se servía otra copa de vino. Le habló de un viaje a Italia con una amiga. Sacaban dinero cantando «*Azzurro*» en los trenes, con un acento imposible. Los viajeros cansados y sentimentales eran incapaces de resistirse a tanta inocencia.

Ella se levantó para ir al baño y Cecilio se quedó pensativo, sorbiendo lentamente su copa. ¿Qué había hecho con su vida?, ¿en qué se había transformado? El reloj dando las diez le sobresaltó. Se precipitó furioso sobre él y detuvo con la mano la oscilación del péndulo. Se hizo un silencio que lo calmó, como si se hubiera quitado un peso de encima. Hasta dejó de dolerle el dedo. Ella regresó al salón del mismo buen humor.

—¿Y tú en qué sitios has estado?

¡Qué obsesión! Cecilio temía la llegada de ese momento pero se sentía ligero, audaz y empezó a inven-

SALVADOR PERPIÑÁ

társelo todo. Con ayuda de viejas lecturas de Tintín, películas y recuerdos de enciclopedias, improvisó inexistentes viajes por países invariablemente cargados de un chillón exotismo, donde todo era tópico y absurdo. Disfrutaba tanto con su mistificación que se le fue la mano, ella lo entendió como una broma y rieron durante un buen rato, el reloj clavado a las diez de la noche.

Él se levantó a su vez al baño. Mientras orinaba le turbó la idea de que ella acababa de hacer eso que él estaba haciendo. Imaginó que sus fluidos atravesarían kilómetros de oscuridad hasta encontrarse bajo la luz del mar abierto. Se miró al espejo. Maldijo a sus padres que le dieron esa complexión robusta, ese rostro sin encanto, maldijo a sus tristes novias feas.

Cuando regresó al salón ella vaciaba el último resto de la botella en ambas copas. Le alargó la suya para brindar, con un gesto lleno de gracia. A Cecilio le pareció de lo más lógico que un dulce sonido de campanas en racimo flotara en ese momento en el aire, pero a ella se le descompuso el rostro. Su móvil estaba sonando.

Se quedó sosteniendo la copa en el aire, indecisa. Él se la quitó de la mano y la colocó sobre la mesa mientras ella se inclinaba sobre la pantalla del móvil. No lo cogió. Vibraba, desplazándose a espasmos sobre la mesita, con algo de insecto agonizante. Ambos permanecían en la misma posición, la llamada no parecía terminar nunca. Finalmente, y fue un alivio, se hizo el silencio. Ella respiró e intentó retomar el clima de camaradería de instantes antes, pero Cecilio sabía que era ya irrecuperable.

Volvió a sonar. A su cara asomaba una variedad turbulenta de sentimientos que él era incapaz de descifrar, expresiones que ignoraba que ella pudiera tener. Hay algo obsceno en la primera vez que ves a alguien desmoronarse. No dijo nada, lo hizo en silencio, pero un fluido corporal empezó a brotar de sus ojos y a deslizarse por su rostro inmóvil. Cecilio sintió con aprensión que podría oler sus lágrimas.

Cuando finalmente enmudeció, ella se secó los ojos. No le dio tiempo a balbucear una disculpa cuando una tercera llamada los asaltó. Esta vez cogió el móvil y respondió con brusquedad. Hablaba en un idioma que Cecilio no conocía, pensó que podía ser holandés. Se levanto del sofá y se puso a caminar por el extremo del salón en penumbra, delante del reloj y del ciervo mártir.

La conversación fue breve y tuvo dos partes. La primera consistió en un estallido de rabia. No sabía si atribuirlo a la aspereza del idioma, pero en lo que parecía ser una cadena de reproches su voz adoptaba

SALVADOR PERPIÑÁ

inflexiones de una agresividad de la que Cecilio no la hubiera creído capaz. En la segunda, la rabia dio paso a la desesperación. La voz se le quebró mientras le suplicaba algo una y otra vez.

Colgó y volvió al sofá. Estaba muy alterada. ¿Por qué no la dejaba en paz?, ¿por qué no paraba de llamarla?, no quería verle, ¿tan difícil era de entender? Necesitaba desahogarse y descargó sobre él un relato en que daba tantas cosas por sabidas que apenas resultaba inteligible. Pero qué había pasado era lo de menos, de hecho Cecilio hubiera preferido no conocer algunos detalles mezquinos, sórdidos, en aquel recuento de agravios. Si la escuchaba sin pestañear era porque había algo en sus palabras de despecho que la hacía parecer mayor, como si por primera vez su presencia no pareciera fuera de lugar allí, como si la casa la hubiera aceptado. Había rencor.

Cecilio, en parte porque lo pensaba y en parte porque odiaba al desconocido que había roto el encanto de la velada, sostuvo que aquel chaval le parecía un canalla. Se disponía a extenderse sobre ese punto cuando de nuevo el móvil volvió a la vida. Ella, con un gesto de disculpa, salió del salón para responder. Cerró la puerta tras de sí.

La conversación no fue tan breve como la anterior. Cecilio se quedó esperando. En el silencio sólo escuchaba el sonido de su propia respiración. Inquieto, se levantó hacia el mueble bar y lo abrió. Vio de nuevo su rostro multiplicado en los espejos que cubrían el interior, donde se acumulaban intactas botellas de Cynar, Cointreau, Carlos III. Cogió una botella de whisky. Luego sacó de la vitrina un vaso de imitación de cristal de bohemia y lo llenó, para hacer tiempo. Se lo bebió sin que ella terminara de hablar, hasta que acabó dando cabezadas.

No sabía cuánto tiempo habría pasado cuando la puerta del salón se abrió y entró con expresión compungida, aunque había ahora una luz en su cara. Se sentó a su lado. Lo cogió del brazo y lo miró de esa manera que conmovía a los viajeros italianos.

—¿Puedo pedirte un favor?

Cecilio abrió la puerta. Era un muchacho alto, rubio, muy delgado, de mandíbula dura y un cuello largo y seco, mezcla de surfero y faquir, con algo ligeramente alucinado en su mirada azul. No hablaba una palabra de español. Estaba borracho. No le indignó porque él también lo estaba. Tambaleó al cederle el paso mientras ella se acercaba y se fundía en un abrazo con el recién llegado.

Los vio retirarse a su cuarto al final del pasillo. Antes de entrar tras ella y cerrar la puerta, él se volvió, le regaló una hermosa sonrisa y levanto el pulgar.

SALVADOR PERPIÑÁ

Cecilio recogió el salón y limpió la cocina mientras desde la habitación del fondo llegaban ocasionalmente las tiernas risas de una reconciliación tumultuosa. Una vez terminada la tarea, devoró dos latas de calamares en salsa americana y tres magdalenas que empujó con un segundo vaso de whisky. Luego se tomó las pastillas contra la tensión.

Cecilio dormía en el que fue el dormitorio de sus padres. Los cepillos del tocador de su madre y una vieja foto de estudio de ambos seguían allí, compartiendo espacio con su billetera, algunas monedas y un cenicero con colillas. Se quitó torpemente la ropa y la dejó de cualquier modo sobre una butaquita de terciopelo turquesa. Se puso la parte de abajo del pijama dando saltos y cayó boca arriba sobre el colchón, tan blando que resultaba casi imposible incorporarse. La cabeza le daba vueltas un poco y los oídos le zumbaban, lo que le confería un aire fantasmal a algún suspiro más alto que otro que llegaba desde el otro extremo de la casa.

Haciendo un gran esfuerzo se levantó de nuevo y acudió a la consulta del padre. Una figura afantasmada y en pijama deslizándose en silencio, a oscuras. Buscó allí algo que le hiciera dormir, mientras tarareaba entre dientes las «Danzas Polovtsianas» de *El Príncipe Igor* para no oír los transportes de la pareja

21

en la habitación de al lado y no imaginar los fluidos corporales de aquel joven hirsuto impregnando sus entrañas. Se tomó dos pastillas y volvió a la cama. La química ejerció su magia y su piedad, no tardó en caer dormido.

Soñó. Soñó que vivía con ella. Durante años compartieron esa casa que él amaba, pero nunca podía retenerla, siempre desaparecía riendo de habitación en habitación. Le bastaba saber que estaba ahí, escuchar *Azzurro* en algún rincón perdido. Un día no volvió a verla. La buscó, la buscó durante años por todos lados. Vaciaba furioso los cajones, llenos de cosas amargas y asombrosas, objetos sin uso abandonados durante décadas, cartas con grandes revelaciones, fotos de caras conocidas en extraños lugares. Destrozaba los tabiques y hallaba tras ellos corredores estrechos que conducían a cuartos sin ventanas, donde le apenó encontrar a sus padres ciegos y menoscabados, apenas reconocibles. Fue sintiendo el paso de los años y el cansancio en estancias casi sin amueblar, donde acechaba un triste secreto indecible, cada vez más lejos del mundo. En una alguien había escrito algo con sus uñas en el yeso de la pared. Una frase desesperada en holandés.

Llegó finalmente a una habitación tan lejana y tan vieja que era una pura ruina. Detrás de las brechas abiertas en la pared asomaba un sol decrépito que doraba surcos, acequias, abedules y un vasto río al fondo. Nada había más allá, no podía haberlo. Sintió el brazo de ella tomándolo de la cintura por detrás. Apartó con los pies descalzos el polvo, los cascotes y los cristales rotos, lo atrajo hacia sí y se tumbó en el suelo. Entró en ella mientras un viento fragante de Heno de Pravia hacía chirriar una ventana desvencijada. El mundo ya a punto de terminar, apenas un brillo sobre el lento, negro río. Él descansaba abrazado a su costado, una mano sobre su vientre sentía un calor que iba creciendo. El llanto de un recién nacido golpeaba los muros de la casa vacía, como un pájaro intentando encontrar una salida.

Cuando despertó, el reflejo de la luz filtrada por los visillos danzaba sobre el techo del dormitorio junto al sonido familiar del autobús alejándose de la parada. Se levantó y se puso un batín. No sabía qué hora era, pero por la agitación de la calle debía ser ya muy entrada la mañana. Sabía, sí, que se habían ido y sabía que en la cocina encontraría una simpática nota de agradecimiento y despedida. Se felicitó por haberlo recogido todo la noche anterior. Sintió deseos de canturrear algo: «*Azzurro, il pomeriggio è troppo azzurro e lungo per me*». Entró en el salón, movió las agujas hasta la hora justa y con un gesto medido, sencillo, puso de nuevo en movimiento el péndulo.

La ilusión y el vivir

DE BLANCO va vestida por la calle Buensuceso, con su bolso Piel de Toro apoyado en la cadera. Mercedes lo aprieta contra sí mientras tararea algo inconcreto, el corazón contento. Dentro van los setecientos euros en billetes de cincuenta que le ha sacado a un jubilado con la promesa de mejorar su pensión. Los viejos desconfían de la tecnología, ella también, así que quedaron en el mismo banco para retirar la cantidad. Él, que era todo un caballero, apareció muy arregladito, oliendo a lavanda inglesa. Hicieron un rato de cola y al despedirse en la puerta, tras darle el dinero, le dijo que era una mujer muy simpática y muy mujer.

Pensaba en esas palabras mientras cruzaba el semáforo de Puerta Real. Le complacía verse como una mujer de las de llamar la atención. Aunque las gafas de sol ocultaran —o al menos eso creía— su cara, difícilmente pasaba desapercibido su pelo negro y lustroso estiradísimo hacia atrás, el pantalón y la chaqueta de *cady* impolutos que ceñían su madurez opulenta. Ella era muy del blanco, anda que no luchó tras la separación para quedarse con el sofá de piel, de un blanco cremoso. Además, nada como los tonos claros para poner en valor esa morenez sólo posible tras una vida de fidelidad a las playas de Almuñécar. Aunque le rozaba un poco las ingles el elástico de las Intimissimi, no podía dejar de sentirse feliz mientras pasaba junto la fuente de las Batallas hacia la carrera de la Virgen en aquel veranillo de los membrillos, con el dinero calentito en el bolso, disfrutando de los sonidos y los olores de esa ciudad sultana y mora, de belleza sin fin, en la que tenía el privilegio de vivir.

Sonrió al pasar junto a la fachada de la Virgen de las Angustias, que ya estaban cubriendo de flores para el día de la Ofrenda. «Siempre así» no sólo era el nombre de su grupo favorito sino dos palabras que encerraban todo lo que a su juicio merecía la pena en este mundo. Ella no era creyente, pero sí una persona espiritual. Pensaba que tenía que haber algo, una presencia de luz, una energía. Además, como granadina, le parecía una tradición entrañable y muy nuestra. El móvil sonaba y sonaba en su bolso, pero no responder a las llamadas era ya en ella, necesariamente, una segunda naturaleza. No iba a permitir que le jodieran el día, así que lo apagó.

Rubén había aparcado a alguna distancia del chalet. Sin bajarse del coche esperó hasta que lo vio conducir hacia la rotonda, se inclinó fingiendo que buscaba algo en la guantera y cuando levantó la cabeza se cercioró de que salía de la urbanización en dirección a los centros comerciales. Sólo entonces Rubén se bajó, agarrando una bolsa de López Mezquita que tenía en el asiento de al lado. A esas horas ya apretaba el sol y la camisa se le había mojado por la espalda. Se acercó, rodeando el muro del chalet por detrás. Delante del enrejado un tupido aligustre protegía la vivienda de las miradas. No se oía nada. Menudo susto se llevó Rubén cuando los aspersores se pusieron automáticamente en marcha. No tardó en escucharle bostezar, sacudirse y acudir corriendo. Veía su sombra dando vueltas detrás del seto, nervioso, jadeante y peludo. Empezó a ladrar.

—Ven, bonito, ven…

Le habló con un susurro aflautado y sacó un *tupperware* que llevaba en la bolsa. Al levantar la tapa le llegó el olor fuerte a carne cruda y warfarina, cogió la piltrafa con la punta de los dedos e introdujo el brazo cuanto pudo en el seto, provocando una salva de gemidos ansiosos. Sintió el roce de sus dientes y su lengua cuando metió el hocico en la vegetación y se la arrancó de las manos. Rubén se quedó un poco más,

27

escuchando como masticaba con entusiasmo y limpiándose la baba de las manos con un klínex. Luego se alejó tratando de adoptar un aire casual mientras el perro trotó hacia quién sabe qué cosa que llamaría su atención en otra parte. Tiró el *tupper* y la bolsa a una papelera y se volvió a limpiar la mano con otro klínex que también tiró. Llegó a su coche y se alivió discretamente de un flato que le oprimía el vientre antes de entrar. Al arrancar estaba eufórico. «Que tome ahora mucho por culo», pensó. Puso la radio, porque a él le gustaba llevar musiquita en el coche.

Mercedes se inclinó concentrada sobre la vitrina de cristal donde se exponían los pasteles. Le encantaba comprar pasteles en el Flamboyant porque estaba en el barrio en el que pasó su adolescencia y porque era una decidida defensora de los pasteles de toda la vida. A veces se decía que al diablo con la dieta y se llevaba una bandeja a casa para atiborrarse de crema pastelera, bizcochos empapados en fluidos anisados y merengues de color rosa.

Un dedo le dio unos golpecitos en el hombro. La irritó que interrumpieran su azucarado arrobo y se revolvió desconfiada. Mercedes podía ser muy hosca. Al principio no lo reconoció, pero los ojos risueños de Rubén, de un azul acuoso, conservaban aún aquella pillería un poco necia.

—Soy yo.

—Tú eras el amigo de Francis…

—Y tú Mercedes.

—¿Cómo era tu nombre? ¿Cómo era?

—Rubén.

—Claro, Rubén. ¡Qué fuerte!

Y se pasmaban de verse tras tantos años. Se conocían de un par de cursos de Derecho. A ella le gustaba Francis. Rubén era simpático, servicial y te mondabas cuando hacía chistes de gangosos, pero, a ver, Francis era un morenazo de ojos verdes, un hombre hecho y derecho. Rubén era un chavea, un tontopollillas.

Ambos sintieron la punzada de la melancolía, y entre el olor a café y a mantequilla derretida, entre el tintineo de tazas y platos se daban cuenta, oh, de que una vida había pasado y sin embargo ahí estaban como si nada, como si se hubieran despedido ayer y ella siguiera siendo aquella muchacha carente de misterio, cargada de prejuicios, sobre cuyas deficiencias higiénicas Francis bromeaba a sus espaldas, y Rubén el jovencito inexperto, tacaño y virgen, de ambiciones tan limitadas como obsesivas. Los dos consideraron una extraordinaria coincidencia el haberse encontrado después de tantos años.

¡Tenían tanto que decirse! Rubén propuso que ya que hacía un sol magnífico podían tomarse una cerveza en las Titas mientras se ponían al día. ¿Se pusieron al día? No del todo, porque con buen criterio apenas hablaron de la manera en que se ganaban el pan, ni revelaron que en realidad no tenían otra cosa que hacer el resto de la jornada. ¿Se tomaron una cerveza? Muchas, cervezas y vinos. Los camareros lo conocían. A Mercedes le gustó la seguridad con la que mandó devolver un vino porque estaba demasiado caliente. La encontró muy varonil. Ahora veía en él una desenvoltura nueva. Se conservaba bien, no tenía apenas barriga y mantenía todo el pelo. Hablaron sin cesar sobre el pasado. En el recuerdo aquella época les parecía bella, vibrante, divertida. Al recordar las modestas anécdotas las exageraban deliberadamente, en busca de esa magia de la que siempre carecieron. Rubén había perdido el contacto con Francis y no paraba de decir que tenía que llamarle.

Hubo un momento en que Rubén se fijó en un grupo de personas que se había sentado en una de las mesas. Se disculpó y se acercó a saludarlas. Mercedes conocía a dos de ellos, trabajaban en el Ayuntamiento. Rubén les hacía reír y gesticulaba con una gran seguridad en sí mismo. Mientras él se puso en cuclillas, escuchando lo que le comentaba al oído uno de ellos, Mercedes se fijó en las niñas que salían del Sagrado Corazón al otro lado del puente. El mismo uniforme, la misma faldita de cuadros. Una ternura especial la anegó, a veces percibía su vida como una fascinante novela. Cuando Rubén regresó junto a ella le dijo que estaba pensando en un sitio estupendo para comer. «Sorpréndeme», respondió ella.

Cogieron su coche y escuchando a Supertramp todo el camino la llevó a un merendero de Güejar Sierra, al lado del río. La presencia de un río de montaña y el olor a leña encendida les pusieron, como a todo el mundo, en un estado de ánimo poético.

Rubén hizo una foto de la mesa cuando llegaron los platos y la colgó en las redes con un discreto «en compañía de una amiga muy querida, pura vida», que a Mercedes le pareció exquisito. Durante el tiempo que invirtieron en beberse cuatro cervezas, una botella de vino y atiborrarse de patatas a lo pobre, lomo con ajos, huevos fritos, chorizo y morcilla la conversación transcurrió por los siguientes derroteros:

La superioridad de la comida tradicional sobre las locas extravagancias del momento. «Me gusta saber qué es lo que me estoy comiendo», resumió acertadamente Mercedes.

La incomparable calidad de la morcilla de Granada. Rubén, galantemente, vino a decir que la morcilla y la mujer de tu tierra.

Por extensión coincidieron en su amor por su ciudad. Qué no darían los habitantes de esas tristes ciudades del norte por tener nuestra Alhambra, nuestro clima y nuestra alegría de vivir, que es que prácticamente vivimos en la calle. Desgraciadamente el granadino no sabe valorar lo que tiene y, en esto Rubén se mostraba muy crítico, carece de iniciativa.

Mercedes añadió a las bondades de esa ciudad de ensueño que en menos de media hora uno podía esquiar en las nieves perpetuas o bajar hasta el mar. Le habló a Rubén de un apartamento en Cotobro que es su refugio, su santuario, al que acude cada vez que necesita desconectar porque ella es una persona intimista. De sus palabras podría haberse deducido que Dios creó el mar para relajar a Mercedes. Cómo no pasar luego a rememorar los viajes de la infancia a la playa y las simpáticas vomitonas en los «caracolillos» de Vélez.

Especialmente emotiva y divertida fue la evocación de series y programas de televisión de su época. Se conocían todas las sintonías.

Al segundo chupito se abrieron un poco más y entraron en terrenos más personales. Mercedes se definió como femenina antes que feminista. Compartían ideas muy similares respecto a la ideología de género. Cuando hablaron con rencor de sus respectivos divorcios, Mercedes —que se comportó como una arpía durante meses de infierno judicial— suscribió indignada el juicio negativo de Rubén sobre la avaricia de muchas mujeres.

Como vio que Rubén se estaba calentando le cogió la mano para calmarle y le dijo que «Nadie merece tus lágrimas y quien las merezca no te hará llorar», frase que ella cree que es de García Márquez. Rubén insistió en pagar y revisó cuidadosamente la cuenta, poniéndose fugazmente unas gafas de vista que llevaba en la chaqueta.

Mientras se dirigían al coche rompió a llover violentamente y corrieron bajo el chaparrón hasta refugiarse en su interior. Allí dentro guardaron unos minutos de silencio, en el asombro de escuchar la lluvia golpeando el techo, ellos dos solos. El vaho que desprendían sus cuerpos y regueros de agua borraban el mundo más allá de los cristales. Mercedes pensó que él la iba a besar, pero Rubén se limitó a poner el limpiaparabrisas. El ritmo mecánico de las gomas frotando el vidrio y que parecía repetir «siempre así, siempre así» tuvo en ella un efecto excitante. Sintió no sin incomodidad que se le erizaban los pezones. Así se quedaron un buen rato.

—Qué bien, ¿no?

—Sí

Mercedes propuso tomarse un gin-tonic en el Albanta. Luego fueron más. La tarde se acabó y vieron ponerse el sol. Se dieron un beso. Al salir ella dijo que quería irse a casa, que estaba cansada. Rubén la llevó hasta la calle Alhamar, aparcó y se volvieron a besar. Ella propuso que, ya que estaban en zona conocida, podían tomarse otra copa. Se pasaron por su *pub* favorito, donde la trataban muy bien. Apreciaba la presencia de todo un profesional tras la barra. Allí Rubén se encontró a algunos conocidos y ya se lió. Con decir que acabaron todos en un karaoke, ¡qué locos!

Ella al principio pensó en cantar Juntos, de Paloma San Basilio, que siempre le había gustado mucho, pero pensó que quizás resultaría demasiado explícita, así que se decidió por el clásico inmortal de Mari Trini. Le pareció un mensaje más oportuno.

Yo no soy esa que tú te imaginas
una señorita tranquila y sencilla
que un día abandonas y siempre perdona
esa niña si, no…
esa no soy yo

No paró de mirarlo a los ojos mientras la cantaba, como él la miró también mientras atacó *Cadillac so-*

litario. Desafinaba, pero a Mercedes le gustaban los hombres que desafinan y después de todo lo que importaba era llegar a ese momento en que hay que gritar: «¡Nenaaaa!». Más adelante, en la barra, ella se le acercó mucho y le dijo al oído que le encantaba su rollo pirata.

Fue mientras la acompañaba al portal. Faltaba todavía un trecho, pero alguien caminaba por la acera en dirección contraria y Rubén cruzó la calle para no encontrárselo. Lo hizo muy bien, nadie se hubiera dado cuenta, salvo ella. Porque Mercedes lo había hecho tantas veces, porque ese gesto, como el de no contestar a las llamadas, formaba parte ya del tejido mismo de su intimidad. Ella estaba hecha también de esas incómodas miserias. Cómo podrían haber pensado de jóvenes que llegarían a parecerse tanto. Por un momento sintió pena por ella y por él, pero también la emocionó pensar en los extraños caminos por los cuales habían llegado a encontrarse.

Al llegar al portal tiró de él hacia el interior y lo atrajo hacia sí en la oscuridad. Agarrándole la cabeza con ambas manos lo besó. Estaban borrachos y torpes, sintió cómo él metía la rodilla entre sus piernas y sus manos la cogían del culo. Cuando se oyó a sí misma en un gemido que resonaba por el hueco de la escalera, se hizo respetar y detuvo el movimiento

CONTRADIÓS

de sus caderas sobre la pierna de Rubén. Le puso un dedo en los labios y le dijo que esa noche no y que quería volver a verlo. Rubén, que a esas alturas no se encontraba muy flamenco, asintió. Lo besó de nuevo antes de coger el ascensor.

Mercedes no supo cómo llegó a su dormitorio, ni como se metió en la cama. Encendió el móvil, vio todos los mensajes de voz que se habían acumulado durante el día y no quiso escucharlos. Se estaba tan calentita dentro, el tacto de las sábanas era deliciosamente suave sobre su piel desnuda. Abrió los ojos y vio como la claridad de la luna inundaba su cuarto. El astro muerto que vela el sueño inquieto de un perro que empieza a romperse por dentro y el insomnio de un hombre mayor, acostado junto a una esposa con leves síntomas de demencia, mientras imagina algunas alegrías que podrá consentirse para aliviar su decente escasez. Mercedes se siente un poco niña y piensa que el romanticismo nunca pasará de moda. La luna redonda, blanquísima, de buen agüero, que asoma entre dos bloques de pisos y a la que Rubén lanza una mirada pícara de sus ojos soñadores, mientras camina silbando por la calle, las manos en los bolsillos, sintiéndose el puto amo.

SALVADOR PERPIÑÁ

Y nada más existe

She's all states, and all princes, I,
Nothing else is
JOHN DONNE

I

NO RECORDABA en qué momento las calles quedaron
vacías, ni cuando se perdió el sonido de un último
tren al partir. Las voces se escurrieron tras las esqui-
nas. Algunos pasos furtivos, una risa apagada y entonces el silencio. Era noche de verano, un viento lento y
ralo de estiércol se alzó desde la vega, saltando sobre
las tapias de la calle Halcón. Supo entonces que se
había quedado dormido.

Su madre odiaba aquel barrio al que habían venido
a parar, barrio de casas pequeñas, baratas, que se cons-
truyó para los empleados de la estación. El trazado
de las vías lo ceñía por el sur y el viejo Cuartel de

Automovilismo lo cegaba por poniente, encerrando sus calles en una bolsa con algo de la tristeza de las aguas estancadas. Nadie pasaba por ellas a no ser que quisiera ir allí específicamente y ¿quién querría ir a Los Pajaritos?

Él no lo veía así, toda su vida había transcurrido en la calle Faisán, aquel era el mundo de su infancia. Aprendió el paso de las estaciones en el juego de la luz sobre sus muros desconchados y sus charcos, en los arbolillos de la calle Tórtola y en el canto de colorines y canarios enjaulados en los balcones. A sus catorce años había heredado de sus padres las caderas anchas, un porte macizo de menestral y una ironía ingenua. Grandones, bienhumorados, bulliciosos, nunca se movieron a sus anchas en aquellas habitaciones angostas. Tenía un pelo espeso y crespo, una mirada clara que era un asombro tranquilo ante las bruscas mutaciones de su edad. La niñez no se había desprendido del todo de él, rasgo fatal que le apartaba de la manada. Le gustaba desentrañar cómo estaban hechas las cosas. Mientras su padre escribía en el salón cartas al periódico Ideal, él desmontaba aparatos en el buró de su dormitorio compartido con un hermano pequeño, decorado con posters de Roger Dean, escuchando rock progresivo.

Alguna vez había oído hablar de la niña de la frutera de la calle Ruiseñor. Bajaban un poco la voz, algo le pasaba que no se decía. La conoció cuando ella empezó a ayudar a sus padres en el negocio. Le agradó su presencia silenciosa, sus manos moviéndose con lentitud sonámbula entre los olores de las judías verdes, los melocotones y las cerezas. Hablaba poco, su madre se quejaba de su falta de arrestos, de que se pasaba el día durmiendo. «Me gusta dormir —se defendió una vez—, pasan cosas».

A los suyos, angelicos, les sorprendió aquel gusto sobrevenido por las verduras. De la noche a la mañana se mostró siempre dispuesto a ir a comprar a la frutería. Los delicados códigos de los adolescentes no suelen ser percibidos por el adulto, nadie en la tienda se daba cuenta de que ambos se caían bien, de que apenas cruzaban palabras, pero ella le sonreía mientras llenaba una bolsa de manzanas *golden* o al partir por la mitad una calabaza —y él temía por el cuchillo y la sangre en sus dedos— o cuando le escogía los melones más dulces.

La primera vez irrumpió de un modo brusco. Caminaba desasosegado junto a las tapias de la calle Halcón alarmantemente extensas. Sintió la presencia de algo a su espalda y, al volverse, ella estaba allí. Se llevó un dedo a los labios y deslizó algo en su mano. Sintió el peso y una quemadura. Miró, sostenía un limón y ella ya no estaba. Despertó riendo, como si la luz del limón todavía se derramara por el cuarto.

Cuando volvió a verla, tras el mostrador, parecía debilitada, disminuida y su cara sin color rehuía su mirada. Tan sólo al devolverle el cambio lo miró a los ojos de un modo burlón. «Anoche te vi». Él tartamudeó desconcertado una pregunta y ella, de nuevo, se llevó un dedo silente a los labios. Regresó a casa aturdido, todo le parecía aquejado de un principio de irrealidad. Al dejar la compra sobre la mesa de la cocina, descubrió entre el olor terroso de una bolsa con patatas el amarillo elocuente de un único limón. El corazón se le disparó en algo que era parecido al terror y era parecido a la alegría.

No volvieron a hablar de eso, simplemente consintió el prodigio. Le gustaba soñar y encontrarla y hacer juntos las cosas que se hacen en los sueños: volar, perderse perplejos, huir. Una noche intentó besarla y se desvaneció, en otra ella le reveló su nombre nocturno, el verdadero. Y luego a la luz del día, en la frutería, mirarse y saber. Era su secreto. Les bastaba con eso.

Todo acabó cuando a su padre lo destinaron a otra ciudad. Ella no se lo tomó bien. Dejó de frecuentar sus sueños. Sólo a veces una amenaza escrita en un muro o algo que quedaba flotando en el aire de lugares donde ella había estado, como una ausencia furiosa. Luego nada. Aceptó el fin de lo excepcional con la misma naturalidad con que aceptó su aparición y con que aceptó que se marcharían de allí. Ella no volvió a trabajar en la tienda. Nadie le habló claro, entendió que era mejor no hacer preguntas.

El desmantelamiento de la casa, meter en cajas sus pequeñas posesiones, decidir lo que es menester abandonar, le mantenía ocupado y favorecía el olvido. Cuando el coche familiar salió finalmente del barrio para no volver nunca más sabía que las lágrimas en la cara de su madre eran de alegría.

Qué lejos le parecía todo unos meses después, en otra ciudad, con nuevos amigos y la promesa de una vida mejor. Qué extraña la voz de su hermano pequeño cuando les vino con la noticia de que a la hija de la frutera se la llevó un tren mientras caminaba desorientada por las vías. Durante semanas el pensamiento de su cuerpo seccionado, irreconocible, le impidió conciliar el sueño.

II

Vivió. Le acompañó la fortuna. Fue un buen estudiante y aprovechó sus becas. Se licenció de químico y trabajó toda su vida en una empresa alemana donde fue eficiente aunque no excepcional. Parte de su temperamento melancólico impregnó los perfumes de geles, detergentes y suavizantes de marcas blancas. Vio amanecer, le mojó la lluvia, se bañó en pelotas en el mar, se enamoró y fue correspondido. Tuvo hijos, les enseñó las estrellas y viejas películas que él amó. Conoció momentos de íntima felicidad, ganó dinerillo, hizo el ridículo, tuvo caries, se emborrachó los domingos comiendo con los amigos, dejó de fumar, viajó, pilló resfriados, se felicitó muchas veces por estar con una mujer como la suya, celebró los lazos de familiaridad y ternura que los unían, heredó enfermedades, enterró a sus padres y a algunos amigos. Empezó a envejecer.

El congreso se celebraba en Granada, a muchas horas de avión. Decidió aceptar, pero se prohibió a sí mismo la nostalgia inútil de visitar el barrio de su niñez, apenas disponía de horas libres y, habiendo tantas cosas que ver, ¿quién querría ir a Los Pajaritos?

La visita lo decepcionó. Ahora todo resultaba absurdamente pequeño, como un decorado. El tiempo había atacado las fachadas más viejas, el enlucido se desmenuzaba y en los balcones se acumulaban trastos y macetas secas. Ni una cara conocida, la frutería era ahora un asador de pollos. Mientras se paraba a tomar aire le irritó pensar que quizás había construi-

42
____

do la leyenda de la infancia con un material fraudulento. Era como si jamás hubiera vivido en ese barrio irrisorio que olía a boquerones fritos, a caldo y a acetona. Sólo sintió la punzada de lo familiar al toparse, detrás de las tapias, tal y como eran entonces, con las vías donde ella encontró la muerte.

Se retiró temprano a su habitación del hotel, no quiso salir con sus compañeros más marchosos. Llamó a su mujer, le contó chismes del congreso, le dijo que la quería. Se tomó su Sintrom con una cerveza del mueble bar y se quitó fatigosamente los zapatos. Se adormeció recostado sobre la cama mientras se acordaba del día en que vio a su madre llorar al marcharse de allí y se preguntó si en aquel preciso momento, el que él era hubiera podido imaginar que su vida habría sido la que finalmente fue.

Esa noche volvió al barrio. En la frutería estaba ella de nuevo. Y el tiempo no había pasado y tenían toda la vida por delante.

III

Se había encerrado en el dormitorio. No podía soportar el clima de inquietud en la casa. Oyó el susurro

43

de su esposa tras la puerta, papá no está bien. Llevaba semanas recurriendo a grandes cantidades de cafeína para mantenerse despierto y benzodiacepinas para no tener sueños. Ese miedo que leía en sus caras cuando lo miraban. No era la barba descuidada, sabían que por nada del mundo les haría daño, lo espantoso era que había abdicado de sus responsabilidades, había dejado de proveer. Y ya no podía pararlo.

No se lo contó a nadie. Cómo iba a contarle a su esposa durante el desayuno que apenas unas horas antes, a miles de kilómetros, la hija de los fruteros lo cogió de la mano y se escondieron los dos en una habitación a oscuras, entre susurros y voces violentas tras la puerta, y allí se besaron. Cómo esconder su vergüenza mientras se bebía el café y hacía planes para la mañana, cuando en realidad sólo esperaba que se pusiera el sol para buscarla de nuevo.

Noche tras noche, durante meses, aquella aventura se desplegaba lenta, laberíntica, siempre renovada, siempre seductora, no limitada por la posibilidad, la moral o la lógica. Qué arduo, qué lejano luego el desprecio de los hijos adolescentes, la mezcla de aburrimiento y maledicencia en el trabajo, el declive de su cuerpo, el pulso quebrado en las venas. Con qué ridículo enfado miraba a quienes lo despertaban de sus grandes siestas.

Cada vez le costaba más despertar. Al principio podía hacerlo a voluntad, sobre todo cuando ella empezó a comportarse de aquella manera, cuando sus cóleras o sus venganzas lo asustaban tanto que tenía que huir. Tardó en entenderlo, no eran celos de su esposa, eran celos del mundo. No podía soportar que él regresara durante unas horas y respirara aire, el aire que los muertos añoran por encima de todas las cosas. Una noche sus gritos despertaron a todos y su mujer no sabía ya qué hacer para sacarlo del sueño. Cuando se supo despierto la abrazó, llorando.

Salió del dormitorio. Andaba con cuidado, no confiaba en que el suelo fuera firme bajo sus pies. En el salón su familia comía y hablaba en voz baja. Al oírlo deambular por el pasillo callaron. No podía resisitirlo, tenía que salir a la calle. En el baño intentó asearse. Se aferraba a cosas sencillas como el olor de la pastilla de jabón, el gorgoteo del sumidero del lavabo, el zumbido de la maquinilla de afeitar, queridas insignificancias cien veces más reales que la voz de sus hijos al otro lado de la puerta o ese adulto desconocido, cansado, que le miraba desde el espejo. Su mujer le ayudó a ponerse el abrigo. Nunca se acostumbró al frío de aquel país. Antes de entrar en

45

el ascensor se volvió y la miró con un sonrisa muy dulce y muy triste.

Se quedó dormido en el asiento de un autobús. Un niño se dio cuenta.

Sabía que en aquellas calles ya no quedaba nadie, lo sabía con tanta seguridad como que ella estaba allí. Tenía miedo de ver su sombra, de que se acercara desde lejos o que apareciera a sus espaldas como la primera vez. Pero no había a quien pedir ayuda. Ya no. Le sorprendió hallar consuelo en la idea de que era algo que tenía que pasar. Sólo quedaba esperar.

Un pájaro nocturno cantaba en algún lugar y la luz se encendió en una ventana. Alguien tras los visillos aguardaba. Y entonces comprendió lo que tenía que cumplirse, que no era ella la que vendría a por él sino que él mismo llamaría a su puerta. Y sintió una paz que no puede nombrarse y aceptó que jamás despertaría y que la calle Tórtola y la calle Faisán y la calle Alondra y la calle Mirlo y la calle Cisne eran el centro del mundo, donde nada podía hacerles daño y nada había que temer. Y todo estaba ahí desde el principio, para ellos, para siempre.

¿Cómo puedes dormir?

Todo empezó cuando Jacinto decidió cambiar la orientación de su mesa de trabajo. Hasta entonces había sido un usuario lacónico de las redes sociales, limitándose a enlazar canciones que mostraran su gusto especializado para hacerse una reputación como ocasional pinchadiscos en algunos bares de la ciudad de provincias donde le pasaban los años entre la acedia y la falta de oportunidades. En su nuevo emplazamiento el sol de la mañana caía con empaque sobre su escritorio, como sobre un mundo recién creado. Aquello le inspiraba y, casi sin quererlo, empezó a colgar sus opiniones en los muros mientras desayunaba ColaCao con magdalenas. Al principio se trataba de breves observaciones iracundas. Caían en gracia, llovían los «me gusta», los amigos las celebraban («grande», «¡clarito!», «amén», «asco») y algunos hasta le pedían que escribiera más. Se soltó el pelo. Empezó a sentir que sus palabras resplandecían con grandeza, coraje, verdad.

Jacinto se enzarzaba a pecho descubierto en controversias furiosas en las que no cedía un milímetro. Quien intentaba rebatirlo era derrotado por agotamiento. Ni un hereje de la Reforma desplegó semejante celo polémico.

Decidió ir a lo grande y abrir un blog, que adornó con una foto del film *Leolo*. Pensaba que lo definía muy bien a él mismo. Allí perfeccionó un estilo que hizo de él una modesta celebridad con un *klout* más que digno. Exageración, contumacia, un manejo desenvuelto de las medias verdades y una prosa incontinente. Metáforas descabelladas ilustraban silogismos averiados. Abusó de los puntos y aparte, llegó un momento en que casi hablaba en versículos. Comprobaba complacido y no sin emoción que algunos desconocidos lo leían en países lejanos. Era su pequeño reino.

Para Mantra Ray, Jacinto estaba contribuyendo a crear un cambio de conciencia. Mantra Ray vivía en Brest y nunca le dijo en qué trabajaba. Era de Priego de Córdoba y lucía en su foto de perfil la fotografía en blanco y negro de una niña con un cigarrillo, una portada de Dinosaur Jr. que pensaba que la definía muy bien a ella misma. Jacinto siempre le ocultó que trabajaba a tiempo parcial en la óptica de un familiar.

¡Tenían tantas cosas en común! A ambos les sublevaba la injusticia del mundo y la crueldad de los seres humanos. Mantra Ray amplió su sentido crítico. Le dio a conocer libros y páginas con la información que los grandes medios no querían que se conociera. Se apoyaban mutuamente en sus encarnizados combates por los muros de una humanidad desoladoramente sumisa, se recomendaban películas y documentales para indignarse. La realidad para ellos era una trama invisible de abyectas conspiraciones, minuciosamente planeadas por un puñado de seres sin escrúpulos que dirigían el mundo desde sus fabulosos despachos refrigerados. Codiciosos, sonrientes, hipertensos y embalsamados en intensas lociones *aftershave*, decidían nuestro futuro, planificando procesos históricos, diseñando minuciosamente los contenidos de los *mass media* para programar nuestra mente. Fue ella la que a primeras horas de la mañana lo despertó, furiosa, enviándole un enlace de prensa que daba cuenta de la indecente cantidad de dinero con la que la junta de accionistas había premiado la gestión de Carlos Emilio Iribarren.

Carlos Emilio Iribarren era el mal, la encarnación absoluta de la codicia, la divinidad de las puertas giratorias. El presidente ejecutivo de uno de los grandes gigantes de la comunicación, alguien que desde

49

hace demasiados años ejercía en la sombra un poder masivo, inatacable, perenne. A su paso los periódicos empezaban perdiendo la inocencia para acabar perdiendo la rentabilidad. El último y desconsiderado expediente de regulación de empleo que se perpetró bajo su mando fue justamente execrado. Mantra Ray estaba fuera de sí, jamás la había visto tan alterada, ¿cómo podían mirar hacia otro lado?, ¡había que hacer algo!

Y Jacinto decidió hacer algo. Así que por las tardes, mientras le pasaba un trapito a los cristales de las gafas de los melancólicos clientes y sus hijos con mala vista, pensaba en las frases, las imprecaciones, el *flow* de su próxima entrada. La escribió para ella y volcó en sus párrafos todo su odio contra el sistema junto a una enorme energía libidinal. «¿Cómo puedes dormir?», tituló. «Tu antes molabas, Iribarren», arrancó.

Y ahí ya se lanzó. Le afeó la conducta, el haber traicionado cada uno de los principios que habían hecho de su periódico un símbolo y un referente, su entrega a los poderes económicos. Pero a medida que escribía se iba encontrando tibio, conciliador, como si le tuviera miedo. Así no sacudiría el sistema hormonal de Mantra Ray. Se creció y sintiéndose un David, un Assange, un Chomsky, fue a por todas. Las decisiones del poder eran violencia económica, violencia que suponía muertes, muertes que eran asesinatos. Iribarren apoyaba esas políticas y se pegaba la vida padre gozando de los réditos de su traición, ergo Iribarren era un asesino. Remató a portagayola:

Un día saldrán de la tumba los abuelos fallecidos por el frío, los niños famélicos, los suicidas y los insomnes. Millones de españoles que dejaron de sonreír vomitarán su dolor sobre las páginas de tu periódico. Eres viejo y malo. El mantel donde comes está manchado con sangre. Te has follado a un país y ha parido monstruos.

Se emocionó al terminar. Sabía que era lo mejor que había escrito en su vida. Lo colgó y durante una hora no hubo respuestas, tan sólo un silencio preocupante. Se inquietó. Poco a poco surgieron, incontenibles, los pulgares levantados y los corazones, el texto fue compartido y recompartido y tuiteado en decenas de fragmentos, como una metástasis de su pensamiento. Aquello gustó horrores. Aplaudieron su lucidez y su valentía. ¡Se hizo viral! Doscientas cincuenta mil visitas en tres días le hicieron recordar un artículo que alguna vez leyó y que sugería que acaso la humanidad debería dejar de enviar mensajes al espacio y optar más bien por un discreto silencio, para no llamar la atención de civilizaciones avanzadísimas y despiadadas que nos tratarían con la deferencia que los humanos reservamos a los pollos de granja industrial. Pero lo más importante era que Mantra Ray estaba entusiasmada y hasta habló de encontrarse en su próximo viaje a España.

Así que la llamada de la secretaria de Carlos Emilio Iribarren lo pilló por sorpresa. Educadísima, cordial, inapelable, le dijo que el magnate de la comunicación deseaba conocerle y lo invitaba a una cena informal en su propia casa dentro de dos días, a las 21:30 horas. Jacinto a duras penas balbuceó su consentimiento. Al colgar empezaron a surgir una tras otra todas las preguntas que debería haber hecho. Su corazón se aceleraba y su cabeza hervía de conjeturas.

Rápidamente se puso en contacto con Mantra Ray para hacerla partícipe de sus dudas y sus esperanzas. No encontró en ella la actitud que necesitaba.

> Mantra Ray
> Le habrás dicho que no...

Jacinto se vio en un apuro para explicarle su punto de vista. Tenía la oportunidad de conocer a uno de los hombres más poderosos del país. Si quería ser un testigo de su tiempo no podía rechazar una experiencia así. Mantra Ray empezó a ponerse francamente desagradable, sobreactuada.

> **Mantra Ray**
> Testigo de tu tiempo, jajajajajaja...

Jacinto se sintió molesto, pero el contumaz polemista no iba a abandonar una causa así como así. Por lo que fuera se había interesado en él, ¿qué tenía de malo escucharlo? Mantra Ray estaba escandalizada y lo adivinó enseguida.

> **Mantra Ray**
> ¿Crees que te va a contratar?, ¿en serio?

A continuación añadió un ofensivo *emoji* carcajeante. Jacinto lo admitió. Hizo valer sus 250.000 visitas. Iribarren es un hombre de negocios, las cuentas de resultados son sus principios. Él había demostrado que podía atraer cierto tipo de lectores, no sería descabellado imaginar que pensara en ofrecerle un blog asociado.

> **Mantra Ray**
> ¿Te estás escuchando?

Jacinto le intentó vender la idea de transformarse en un infiltrado. Dentro del sistema podría llegar a mucha más gente, sería un quintacolumnista. De momento el blog seguiría teniendo el mismo nombre y el mismo espíritu, eso era innegociable.

(Mantra Ray lo leía pero su cabeza estaba ya en otra parte, ¿por qué se equivocaba siempre con las personas? Jacinto la había engañado desde el principio y ahora se quitaba la careta. Como el retumbar de puertas que empiezan a cerrarse, sintió nostalgia de su medicación, sintió que todo, de nuevo, volvía a ir mal).

> Mantra Ray
> Quiero vomitar.

Jacinto le echó en cara su hábito de vomitar cuando se quedaba sin argumentos. Protestó por su intransigencia y recurrió a viejas metáforas de gusto oriental sobre las ventajas de fluir como el agua.

> Mantra Ray está escribiendo...

> Mantra Ray está escribiendo...

> Mantra Ray está escribiendo...

Y después nada. Jacinto siguió argumentando durante unos minutos hasta que se dio cuenta de que ella lo había bloqueado. Al día siguiente lo eliminó de sus contactos.

SALVADOR PERPIÑÁ

Jacinto estaba furioso. Pensar que había llegado a creerse unido a alguien así, que había soñado con ella y con su cara, que no llegaría a conocer, que había incluso fantaseado con un proyecto común de amor y compromiso político, ¿por qué se equivocaba siempre con las personas? Mientras preparaba su pequeña maleta no paraba de decirse que hacía lo justo y se felicitaba por ello.

El autobús atravesó medio país. La sucesión de paisajes y climas diferentes le hizo sentir un acuerdo con el mundo y hasta un difuso patriotismo. La puesta de sol le pareció tan grandiosa que se quedó dormido. Despertó entrando en la dársena de la estación de Méndez Álvaro, con la convicción de que su vida estaba empezando a cambiar. Hacía frío y el aliento condensado en el aire confería a todo una agradable cualidad épica. Un wasap le informó de que un Cabify pasaría a recogerle donde se alojara. A Jacinto le avergonzó tener que mencionar aquel módico hotelillo que se había agenciado. El coche era ligeramente intimidatorio y el conductor iba hecho un pincel. Jacinto había decidido vestirse como lo hacía habitualmente, ¿acaso no vendía su honestidad? Se bebió entera la botellita de agua que le ofrecieron. Así que de esta manera ocurren las cosas, se decía arrellanándose en el confortable asiento trasero. Las calles de un Madrid nocturno se sucedían tras la ventanilla y ya sentía que su futuro estaba ahí, en esa ciudad inmensa, abierta, llena de posibilidades de aventura. Y de mujeres. Se consintió incluso vagas ensoñaciones eróticas. Tenía hambre y pensó que la cena sería deliciosa.

Una joven criada sudamericana le cogió el abrigo y lo condujo a un saloncito de un gusto decepcionantemente conservador donde quedó a solas, esperando. En medio de aquella limpieza de laboratorio, de aquel orden de exposición —ni un cenicero con colillas, ni un sobre abierto o unas monedillas sobre la mesa— se acordó de Mantra Ray y le entró una pena inmensa pero momentánea.

El sonido del timbre del portero automático lo asustó. Los minutos que siguieron se hicieron inacabables. Tras una conversación susurrada y el sonido de unos pasos Iribarren apareció en mangas de camisa, Jacinto se levantó. No es que fuera alto, pero lo parecía, había en su voz esa reverberación natural de los muy ricos. El corazón le golpeaba con fuerza, ni siquiera un antidisturbios le había impresionado tanto. Se presentó, cordial pero sin darle la mano, mientras un perfume denso, de una brutal masculinidad, llenó la habitación. Esperma de alce, helechos fermentados, resina de cerezo, oro... ¿A qué demonios olían los perfumes que usaba esa gente?

56
—

Lo invitó a que lo acompañara a un pequeño comedor donde había una mesa dispuesta. La criada apareció con la cena. Verduras hervidas, brócoli y acelga, aliñadas con un aceite de oliva, eso sí, carísimo. Sintió una honda decepción. Jacinto tenía un paladar infantil, las verduras le repugnaban y tener que comérselas venciendo el asco añadía una capa extra de incomodidad a la situación. Mientras masticaba con un excelente apetito, Iribarren le hizo unas preguntas desconcertantes sobre la ciudad donde vivía: hidrografía, cadenas de radio, penetración de la fibra óptica. Jacinto se fijaba en la mirada ausente, cansada, del hombre que había despedido a cientos de trabajadores. Quería disfrutar del momento, tomar nota mental sobre las peculiaridades de los amos del mundo. Pensó en una posible novela.

Iribarren se tomó tres pastillas con un vaso de agua.

—¿En qué trabajas?

—Trabajo en una óptica. También soy DJ.

—¿DJ? Qué bien. He leído la entrada de tu blog.

A Jacinto empezó a latirle el corazón de nuevo.

—Ah, bueno, sí, aquella entrada…

Iribarren ya no lo escuchaba.

—La he leído con atención. Verás. Llevo más de treinta años leyendo las mierdas que la gente escribe contra mí y ya no me importa, pero sí que es

57

———

verdad que unas pocas se me atragantan de manera especial, ¿sabes?

Se regodeó en los segundos de silencio posteriores. Añadió.

—¿Por qué?

—No entiendo del todo la pregunta.

Iribarren sofocó un delicado eructo de dispépsico con su mano huesuda.

—Parece que no te caigo bien.

—No, a ver... yo lo que atacaba es lo que tú significas, o sea, quiero decir que ahora, así cara a cara, pues no veo a un adversario, sino a una persona, ¿no?

Iribarren se secó la boca con la servilleta, pero no la soltó. Tenía una sonrisa como mal hecha. Jacinto pensaba que en su vida había visto una sonrisa así hasta que se dio cuenta de que no era una sonrisa. Jacinto retiro la mirada del mantel por si, efectivamente, se le apareciera empapado en sangre.

—Hombre, eso hace que me sienta mucho mejor.

Durante un breve instante lo miró a los ojos y entonces levantó su brazo y le dio una bofetada con la mano abierta. Una irrefutable hostia de prócer.

Todo el mundo se redujo en ese instante a ese dolor ardiente en la mejilla. Jacinto se dio cuenta de que estaba temblando.

58
—

—Mira Fernando, te llamas Fernando, ¿no?

—No, Jacinto.

—Como te llames, mamarracho.

—No tienes derecho a tratarme así.

Su voz le sonó lastimosa, inconsistente, una voz a medio formar.

—Mis hijos, Fernando, ¿crees que a mis hijos les gustaría leer que su padre es un asesino?

—Era un silogismo

—¿Un silogismo? Mis cojones. Una falacia de argumentación de manual. E incitación al odio, si a eso vamos.

Se levantó, furioso.

—Me cago en la leche.

Lo pronunció como si citara un verso de Gil de Biedma. Arrojó la servilleta sobre el mantel. Antes de salir, se volvió.

—Mis abogados van a ir a por ti, Fernando.

—Pero, si yo soy insignificante.

La cara de Iribarren brillaba con una juvenil ferocidad.

—No te haces una idea.

Y desapareció del salón. Más que el silencio pareció hacerse el vacío, un vacío donde el mismo Jacinto habría desaparecido, quedando de él sólo un ardor en la mejilla y el sabor amargo de la acelga en la boca.

59

No sabía qué hacer, se levantó, sentía las piernas entumecidas.

La criada entró con su abrigo. Jacinto intentó ponérselo pero estaba tan aturdido que no acertaba con la manga. Ella le ayudó y, una vez puesto, le dio un tironcito y le repasó la espalda con su mano pequeña para que le cayera bien. A Jacinto le conmovió el gesto. Mientras seguía su figura menuda hacia la salida, ella le iba explicando que el mismo Cabify lo recogería en el portal y lo conduciría a su hotel. Se fijaba en su pelo negrísimo, anudado en una trenza perfecta y pensaba en su hermosa cara de india triste. Se sintió en ese momento tan unido a ella, la hubiera abrazado, le hubiera pedido perdón por las humillaciones de siglos infligidas a su raza. ¿Sería ella capaz de entenderle? Mientras abría la puerta y cruzaba el umbral le hubiera dicho que en el fondo los dos eran iguales, eran los humillados del mundo, la sal de la tierra, que entendía su rabia y su impotencia, que sus lágrimas eran también suyas, que no estaban solos y que al final no ganarían los malvados. Pero no pudo decírselo, ni eso ni nada, porque la puerta se fue cerrando ante sus ojos.

Devoción

brió *cur* *c*

On oublie le visage t..

L...

YA NO ERA CAPAZ de contar las noches que ella le había invitado a pasar en aquella habitación. Podía descifrar las fotos de familia repartidas por aquí y por allá, las caras empezaban a tener nombres e historias detrás, algunas realmente divertidas, buenas de verdad. Dramas también, claro. Qué insulsos, decepcionantes le parecían en comparación sus propios parientes. Y cada objeto con su enigma y su función. El tierno desorden, sus libros en otros idiomas, sábanas, entradas de conciertos, velas perfumadas, cuencos de madera con lavanda y reseda, ceniceros, tarros de cremas, partituras, medicinas, que le hablaban ya con la voz de lo acostumbrado.

Fuera, bajo un cielo duro con estrellas, se helaban los charcos. Ella había encendido un radiador. Entrea-

61

CONTRADIÓS

puerta de un armario viejo para mirarse de
po entero. Había salido de compras antes de ir
n él al cine y tomar algo a la salida. Ella pagaba. Se
dejó caer sobre la cama mientras la miraba sacar la
ropa que había adquirido.

Todo le sentaba maravillosamente, se conocía bien.
Aquellos pequeños trozos de tela de aspecto indiferenciado se convertían en algo irrefutable al adaptarse a su forma. Uno tras otro se los probaba, diferentes versiones de ella, diferentes posibilidades de felicidad en largos días por venir sin frío y sin lluvia. Un ligero vestido la envolvió en una gracia sencilla que hasta ahora no le había conocido; doraba anticipadamente sus hombros, sugería pasos descalzos junto al mar, mostraba la caída esplendida de una nuca besada por otros labios en otros veranos.

Se miraba al espejo, enjuiciaba, le preguntaba. Se ajustaba unos pantalones y se miraba el culo de puntillas, complacida al comprobar como resistía los ataques del tiempo. Le gustaba su expresión ensimismada mientras se paseaba de un lado al otro de la habitación para sacar más prendas de las bolsas, el pecho desnudo. Se sujetaba el pelo o se lo soltaba sacudiendo la cabeza, en el aire el olor de las flores secas y de su carne. Nunca la quiso más que en aquel íntimo arrobamiento en que se entregaba a sí misma, al don

62
———

de su belleza, a la promesa de días futuros, días sin él. Sonreía ante su imagen, ajena por un momento a la angustia árida de la jornada, a aquel cuarto que siempre sentiría provisional, a aquel muchacho demasiado joven que la miraba sin aliento en el fondo del espejo, incapaz de interpretar todas las señales que ya habían anunciado su salida de aquel mundo.

No volvería a dormir allí. Le costó aceptarlo, quería comprender. No sabía aún que no hay nada que comprender y que no hay cosa más común y carente de misterio que aquellos estallidos de desesperación y desconsuelo que lo afligían. Pasó el invierno y el sol impuso su ley benigna en el mundo. Llegó a ser capaz de recordar sin precisión, pero también sin amargura. Sólo, muy de vez en cuando, algo que no llegaba a ser dolor, una mordedura de melancolía cuando pensaba cómo le gustaría ser el desconocido que ahora en algún lugar la vería caminar con aquel vestido nuevo, que el viento hincha apenas al tomarla por la cintura.

La honradez recompensada

MI AMIGO Marcos es un misántropo sentimental que sin pretenderlo suele pasar por extravagante. Hombre dado a embrutecedores accesos de melancolía, no encuentra modo mejor de escapar a ellos que dejarse llevar a ciegas por el impulso del momento. Arrebatos caprichosos e imprevisibles que con frecuencia lo arrastran a esas zonas límites de la experiencia humana donde se abrazan la epifanía y el ridículo. Se gana la vida escribiendo para la televisión. Hace poco accedió de mala gana y por un difuso sentimiento del deber a una asamblea provincial de la Sociedad de Autores. El acto tenía lugar en una pequeña sala de un hotel local. A Marcos no le pasó desapercibida una de las azafatas.

Hacía poco que había dejado de fumar y se sentía irritable, por lo que a los tres minutos supo que no debía haber aparecido. No tenía nada que decir y había en la sala demasiadas personas a las que no deseaba saludar. Casi todos habían dicho ya a lo largo de sus vidas de artista cuanto tenían que decir, casi todos pasaban de los cuarenta y aquellos pocos que habían conseguido ser alguien, empezaban a deslizarse hacia los márgenes, hacia la irrelevancia. No le apetecía en absoluto ver reflejada en ellos su pequeñez, así que empezó a lanzar miradas de soslayo a la puerta de acceso, con la esperanza de planificar una retirada, pero no paraba de encontrarse con caras conocidas que lo saludaban. La cosa ya no tenía remedio.

Entre los presentes una pareja llamaba la atención como un avión estrellado sobre un prado. Ambos ancianos, ambos voluminosos. Ella tenía el pelo teñido y cardado, parecía haber hecho un esfuerzo por arreglarse, aunque el resultado era de una digna, anticuada modestia. Él parecía no tener nada que perder, unos mechones de punta sobre su nuca indicaban que ni siquiera se había tomado la molestia de pasarse un peine por encima. En cuanto se abrió el turno de preguntas, el hombre levantó una mano para pedir la palabra. La azafata le tendió el micrófono. Lo usaba mal, cuando no se acoplaba lo dejaba caer hacia abajo y se perdía la voz. La azafata intentaba una y otra vez corregir la posición del micro hasta que lo dio por imposible. Arrancó con algo que no tenía nada que ver con el tema que se debatía, para

65

continuar con misteriosas alusiones que nadie entendió y proceder finalmente a agradecer a la Sociedad de Autores esos ingresos que su mujer podrá seguir percibiendo —y a Marcos se le encogió el corazón— «cuando yo ya no esté». La impaciencia empezaba a apoderarse de todos hasta que un murmullo sordo y descendente puso fin a sus palabras. La azafata, por si acaso, le arrancó el micrófono de las manos. Tras tan poco prometedor arranque la sesión continuó prolija en quejas, tediosa, inútil. Marcos, que ya había decidido quedarse al vino español, se revolvía en su asiento. Por un instante el anciano pareció volver a la vida y levantó de nuevo la mano. La azafata fingió no haberlo visto de un modo tan descarado que Marcos no sabía dónde mirar. La pareja finalmente se levantó con esfuerzo y ambos se deslizaron hacia la salida en medio de una sensación general de alivio. Marcos los vio caminar lentamente, con visibles señales de cansancio. Hubiera querido hacerles algún gesto de simpatía, pero andaban un poco encorvados, mirando al suelo. Le pareció que saludaban de manera imperceptible a la concurrencia. Desaparecieron. Marcos los imaginó arrastrando los pies, pasito a pasito, por los pasillos enmoquetados, fuera del mundo, las manos vacías. En su imaginación añadía detalles de una desgarradora cursilería a la desolación de la escena.

En cuanto la sesión se dio por terminada y los condujeron a la sala contigua, no dudó en abalanzarse sobre las bandejas con copas de vino que los camareros hacían circular. Necesitaba anestesia, quitarse de encima la visión de esa pareja calamitosa y aquellas sugestiones de mortalidad. Prodigó bromas entre los asistentes, conocidos y no conocidos, estrechó manos, contó a todos que había dejado de fumar hacía un mes, perdió el tiempo con quien nada le iba a aportar mientras negligentemente no se dedicó a aquellos de los que podría obtener algo. No perdía de vista a la azafata, con la que de vez en cuando cruzó la mirada. Se armó de valor, se acercó a ella e intentó entablar una conversación casual. Andaba preocupada, había encontrado una pequeña agenda debajo del asiento del viejo pelmazo, se le debió caer en el momento de abandonar la sala. Se la mostró a Marcos, una libretita llena de direcciones y números de teléfono minuciosamente anotados con una letra relamida, una caligrafía extinta. No pudo evitarlo, enseguida imaginó que buena parte de las personas clasificadas en sus páginas hacía tiempo que dejaron de existir. El hombre era tan habitual como temido en esas asambleas, así que no le costó demasiado intimar con la azafata intercambiando chistes crueles.

67
———

Pronto llegaron a ese momento en que sin decir nada se muestran las cartas. Momento exaltante, con algo del vértigo de conducir por el carril contrario, en que se pasa de la simpatía recíproca a lo que podríamos denominar un tácito consentimiento de posibilidad. Pero una imagen mental le sacaba constantemente de la situación. No podía, no podía quitarse de la cabeza a un anciano en batín, abriendo cajones con el aliento entrecortado por la pena, rebuscando en vano.

Qué grande le pareció la noche, qué libre se sintió caminando, qué agradable el frío de enero en la cara y las farolas amarillentas de aquellas calles de clase media que tan bien conocía. Pastelerías, mercerías, tiendas de artículos escolares desataban en él una ternura maniaca. La pareja no vivía lejos de allí, llevaba en el bolsillo del abrigo la agenda, aquel catálogo de desaparecidos.

Llegó por fin al portal de un inmueble de los años sesenta. Una voz algo hostil de mujer le contestó al otro lado del portero automático.

—¿Quién es?

Marcos dudó por un instante, ¿dónde se estaba metiendo? Pero miró a ambos lados y la calle estaba vacía. Ya había llegado hasta allí, la noche era desapacible.

SALVADOR PERPIÑÁ

—Estuve en la reunión de autores esta tarde, se dejaron olvidada una cosa.

Hubo unos segundos de vacilación, una voz destemplada se oía en segundo plano.

—¿Quién es?

—No sé, un señor...

—Tengo una pequeña agenda, ¿es de ustedes, no?

—¿Cómo que un señor?

—No sé, te he dicho que no lo sé...

Luego un ruido abrupto, como si a ella se le hubiera caído el telefonillo e intentara una y otra vez recuperarlo. Finalmente, un zumbido y un chasquido le franquearon el paso.

La mujer le abrió la puerta. Marcos sacó la agenda del bolsillo del abrigo y se la mostró con un movimiento de la mano que notó fuera de lugar. La mujer lo miró con incredulidad, cogió la agenda y la abrió. Sólo entonces sonrió y, vaya, tenía una sonrisa simpatiquísima. Le puso la mano sobre el hombro y lo hizo pasar mientras celebraba con entusiasmo su honradez.

En el salón habían encendido las luces y apagado la televisión, el anciano le esperaba en pie, algo rígido, con un solemne batín a cuadros y un pañuelo de seda al cuello. Así como en la sesión de antes parecía un pez fuera del agua, este hombre se hallaba en su elemento en el interior del hogar.

Agradecieron calurosamente la devolución de la agenda, qué disgusto habían tenido al descubrir su pérdida. «¡Sin esta agenda no soy nada!», repetía el hombre, aliviado. Lo invitaron a sentarse y tomar algo, parecía que una visita era en aquella casa todo un acontecimiento.

Mi amigo estaba encantado. Todo era como lo había imaginado, no faltaba de nada. Vitrinas con plata vieja, pesadas cortinas estampadas, sofás de terciopelo adamascado y por todas partes porcelanas de pescadores chinos con aspecto de opiómanos. Un canario, las fotos de una hija muerta a los nueve años en un desdichado accidente, un pez dormido en su pecera, un vago olor a incienso calcinado y orina.

La mujer en especial le trataba de tal manera que Marcos se sentía un muchacho, un buen muchacho. Se empeñó en abrir una botella de vino y trajo de la cocina unos platos con queso y dulce de membrillo casero que su hija mayor había mandado por correo desde algún remoto lugar de España, detalle éste que lo emocionó. Otro hijo vivía en la ciudad al parecer, pero debía ser un hijo ingrato al que veían poco, como dedujo por un comentario discreto pero lleno de amargura.

Marcos se enteró de más cosas. Nuestro hombre percibía todavía derechos de autor por las letras de varios pasodobles y coplas que habían gozado de una moderada difusión hace tanto tiempo que conjeturó alguna triquiñuela suya para seguir cobrándolos. Como no conocía ninguna de esas piezas, la mujer, que no carecía de sentido del humor, cantó algunas con una voz aún fresca. El marido, por el contrario, era enfático y plomizo. Por un momento pensó que probablemente las letras, entre picantes y enternecedoras, las podría haber escrito ella. Celebró para sus adentros el impulso que lo había llevado allí. Compartía queso, membrillo y vino a resguardo del frío planetario que en la calle helaba el metal de las farolas, había rescatado de las sombras a aquella pareja y sentía el agradable calorcillo de la satisfacción moral. Un sentimiento cordial lo colmaba, desatando su lengua, quería divertirles. No pudo resistirse a la jactancia y dejó caer que era guionista de televisión. El gozo del matrimonio llego entonces al límite. La mujer le llenó otra copa, el anciano se quejó de la televisión actual, de poca calidad, mediocre y saturada de vulgaridad. Marcos, para no complicarse la vida, le daba la razón sin darse cuenta de lo que acababa de despertar en su interlocutor. ¿Qué era lo que empezaba a disgustarlo? No era el olor a catacumba, no era la pesadez prolija de aquel hombre, ya se había acostumbrado. Era la vanidad, que empezaba a asomar su feo rostro.

71

Y así, con una tosecilla, se levantó del sillón y se puso a buscar algo. Él había vivido de componer letras, pero tenía otra pasión secreta a la que una vida de renuncias —la mujer se llenó otra copa— no le había permitido consagrarse. Querría haber sido autor teatral y no le faltaban desde luego cualidades, una de sus obras había merecido los elogios del mismísimo Buero Vallejo. Él trabajaba en la televisión, quizás podría intentar adaptar alguna de sus piezas. Cuando Marcos quiso darse cuenta, una carpeta de un cartón rojo y ministerial mostraba sobre la mesa su panza hinchada, rebosante de folios escritos a máquina, promesa de un tenaz aburrimiento. Marcos quedó del todo inerme, como un perrillo cegado por los faros de un coche. Tras una agotadora exposición de los argumentos que consideraba más logrados, acabó decidiéndose por un monólogo en un acto que había escrito pensando en «una Nuria Espert».

Leyó la obra, la leyó íntegra durante treinta vastos minutos, abundantes en balbuceos y glosas al margen, mientras su anfitriona no se atrevía ni a respirar. La obra era un bodrio. Al abrirse el telón una mujer, una señora educadísima, llamaba a un amigo de confianza anunciando que acababa de matar a su marido en un ataque de celos. Lo excepcional de la obra es que, pintorescamente, había sorprendido a su marido

72
—

con otro hombre. Su autor se declaraba partidario de un teatro «de tesis» y en esta pieza abordaba el tema del «homosexualismo» con ideas dignas del doctor López Ibor. Simplificando, unos homosexuales lo son de nacimiento, otros son víctimas de un exceso de sensibilidad artística y finalmente otros lo son por vicio. El hombre se preguntaba si quizás todo no sería demasiado atrevido para el momento. Mi amigo intercambiaba miradas con su mujer, de cuyos ojos iba desapareciendo poco a poco la recobrada juventud. Un vacío denso se apoderó de la habitación. Marcos sentía un odio vivísimo.

La obra terminaba sin previo aviso con un «sólo dios puede salvarme» de mucho efecto. Marcos alabó la enjundia dramática de la pieza, improvisó una excusa y procedió a una retirada. Al levantarse, la mujer derribó la bandeja con las copas vacías. El sonido de cristales rotos y el breve silencio posterior, esa música de lo irreversible.

El hombre se llevó un disgusto, aquellas copas eran caras y de un gran valor sentimental. La mujer no sabía qué cara poner, encendió de nuevo las luces del techo, la plata rebrilló en las vitrinas. La cara de un campesino de porcelana con harapos reía agradecida junto a una lamparita. Un poco deslumbrado, vio al anciano caminando sobre sus manos mientras re-

73

cogía los cristales, que brillaban sobre los apagados colores heráldicos de la alfombra. Unas gotas de algo rosáceo, aguado, que podría ser vino, manchaban sus dedos secos.

Mientras su marido se desinfectaba la herida en el baño, la mujer le acompañó hasta la puerta. Ya en el umbral, ella se disculpó entre líneas por la actitud de su marido y deslizando la carpeta bajo su brazo le pidió que leyera aquello. Ya lo devolvería si regresaba alguna vez. Desde el baño llegaban toses y carraspeos, como si aquellos pulmones se estuvieran desintegrando.

Marcos buscaba sin encontrarlo algo que decir, hasta que ella acabó echándose a llorar porque hacía frío, porque todo iba mal, porque estaba enferma y tenían que escatimar en calefacción. Aquello era superior a sus fuerzas, sintió ganas de gritar pero decidió que era mejor abrazarla. Lo hizo torpemente, era tan pequeña aquella mujer. No paraba de llorar, su cuerpecillo temblaba, desde su altura podía ver las raíces desteñidas de su peinado del que brotaba una bocanada de Myrurgia.

No se explica por qué sacó su cartera. Quizás porque sabía que no volvería nunca y pensó que así podría dormir tranquilo esa noche. Había dentro dos billetes de cincuenta euros y uno de veinte. Nuevos, recién salidos del cajero, billetes niños. Los puso, azorado, entre sus manos surcadas de venas azules. Ella quiso rechazarlos, pero él insistió. La mujer se santiguó, negó con la cabeza, le apretó ambas manos y le miro temblando a los ojos. Por un momento Marcos tuvo la espantosa sensación de que iba a besarlo. No quiso mirar atrás cuando escuchó su voz diciéndole adiós, mientras él bajaba corriendo las escaleras. Salió a la calle, se ahogaba. Se reprochó su absurda idea, ¿qué otra cosa esperaba? Empezó a andar, ahora el frío no era agradable. La carpeta era incómoda de llevar, pesaba como un acto vergonzoso del pasado y le impedía meter las manos en los calientes bolsillos de su abrigo. Siempre quedaba la posibilidad de devolverla por correo, pero la obligación de adjuntar unas líneas amables y mentirosas le enfureció. Los dedos se le helaban y pensó en la azafata que se quedó en el hotel, pensó en el dinero derrochado en un insensato acto de caridad que ni siquiera serviría para hacerle olvidar, porque esa carpeta le hacía el depositario perpetuo de los sueños de un idiota.

Arrojó la carpeta contra el suelo y le dio una patada. Las gomas cedieron y se abrió, desparramando su carga. Marcos se quedó mirando, algo asomaba entre los desvaídos folios mientras el sonido y el hedor de un camión de la basura se adueñaban de la escena.

Era una fotografía, una vieja fotografía en blanco y negro. Una pareja joven de veinteañeros hace mucho, mucho tiempo. Costaba reconocerlos, pero sí, eran ellos, estaban en el campo junto a un bosque, al fondo las cumbres nevadas de la sierra, las mismas que con tanta frecuencia aparecen en sus sueños como imagen de suprema fortuna. Llevaban unas extravagantes gafas de sol muy de aquella época. Ella reía en un gesto de abandono, el viento le revolvía el pelo, él hacia un poco el payaso besando de rodillas una de sus manos, bronceado, muscular, hasta bien parecido. La chica, no tocada por los años, tenía una cintura delicada y unas piernas preciosas, un cuerpo menudo y fragante, el mismo cuerpo que había abrazado hace unos instantes. Detrás de la foto una letra que ya conocía: «Teresa, mi equilibrio».

«¿Mi equilibrio, hijo de la gran puta?». El golpe de los cubos de la basura al ser levantados por el camión lo hizo volver en sí. Supo lo que tenía que hacer. Se agachó, recogió a manotazos los papeles y los devolvió a la carpeta. La cerró bien para que no se escapara uno solo. Se acercó al camión y la arrojó a su interior. Esperó a que se alejara. Quería cerciorarse de que sería triturada entre cáscaras de naranja, huesos de pollo y verduras echadas a perder, desaparecida bajo montañas de pulpa que empaparían durante años la tierra, envenenando aguas subterráneas.

Continuó su camino, pasando bajo los grandes árboles de la plaza del Campillo, más altos y más viejos que todo cuanto los rodea, pensando que seguirían allí cuando él ya no estuviera. Le pidió tabaco a un grupo de chicas que daban saltitos por el frío mientras esperaban un taxi. No recuerda qué les dijo, pero sí que las hizo reír y que le dieron de buena gana el cigarrillo, que lo encendió y que el camino a casa se le hizo breve y excepcionalmente ligero.

Acusica

Como media España acabó sabiendo, la primera manifestación de esa peculiaridad de su carácter se remonta a su primera infancia. Ahorraremos la profusión de detalles agravantes con las que Rodolfo Molinos adornaba la historia. El profesor tuvo que ausentarse del aula durante unos minutos y en su ausencia se desencadenó un motín. A Rodolfo, que era un niño profundamente conservador, le indignó semejante exhibición de infantilismo y se dirigió a sus compañeros de buena fe, exhortándolos a moderar su actitud, levantando su vocecilla firme pero atiplada para poder imponerse al escándalo.

El profesor, al regresar, lo pilló gritando en lo alto de la tarima y como venía de recibir un aviso del director y no estaba para dilemas éticos, le arreó el cogotazo usualmente destinado a la canalla de la clase. A Rodolfo no le dolió tanto el golpe, que también, como que se elevara a definitiva una interpretación apresurada y errónea de lo ocurrido. El momento es importante y merece la pena considerarlo. Rodolfito, en una especie de iluminación negativa, sintió como si la realidad hubiera elegido dirigirse hacia un futuro alternativo, menoscabado, contaminado de falsedad e inconsistencia. Había que volver a restaurar lo real sobre sus goznes, así que para corroborar su versión señaló a los culpables. Uno a uno. Era demasiado pequeño para entender que el cogotazo ya no se lo quitaba nadie, que el profesor jamás se disculparía y que se había ganado un estigma que le perseguiría el resto de sus años de formación.

Con el tiempo se había transformado en un hábito incurable, una compulsión. Cuando alguien lo había herido sentía necesidad de contarlo, de desmenuzar concienzudamente cada matiz del ultraje. Necesitaba compartir su decepción, socializar su tristeza. En definitiva: criticaba, rajaba, ponía verde. Ignoraba que contar la ofensa no equivale a su reparación, quedándose en una inútil operación de pensamiento mágico.

Semejante pasión, un vicio al fin y al cabo, no lo hacía nunca feliz del todo. En el fondo la sabía vil y sentía luego asco de sí mismo. A veces intentaba consolarse pensando que todo el mundo lo hace, pero uno no puede imaginarse a Bach quejándose de la mezquindad de su cuñada en una intimidad varonil

79

de barbería. No vale engañarse, las grandes almas no hablan mal de nadie. Tras cada desahogo imaginaba que iba dejando un rastro de suciedad a su paso, una estela ramificada, deyecciones del espíritu.

Las pequeñas bajezas que conforman el carácter adulto suelen ser toleradas a condición de que se manifiesten de manera ocasional. Rodolfo era prácticamente monotemático, daba mal rollo y la gente tendía a evitarle. No le faltaba materia para sus quejas, ya que lo trataban francamente mal. Y con motivo. En el trabajo, Rodolfo no podía tolerar las injusticias ni las actitudes insolidarias y siempre luchó por sacarlas a la luz, comportamiento que sus compañeros, quizá simplificando las cosas, interpretaban como pura y simple delación.

La directora de *casting* de aquel *reality* lo caló desde el principio. Fue ver, confundido entre el resto de los candidatos, su rostro flemático e indiferente, su mirada resinosa, fue escuchar su voz nasal y monótona y darse cuenta de todas sus posibilidades. No se equivocaba. Gracias a la presencia de Rodolfo, *Sin perdón*, un formato televisivo poco ambicioso y ligeramente miserable logró liderar la franja del mediodía durante cuatro meses. Su paso por el programa fue catártico, ajustó cuentas durante semanas con cuantos formaron parte de su vida, el país estaba de su lado. Hubo arrepentimientos ardientes, conmovedoras reconciliaciones en directo, engordó en el proceso.

¡Y qué memoria!, cada abrazo no dado por su madre, cada fiesta a la que no fue invitado, cada sablazo, cada caña pagada a sus amigos... lo recordaba todo. Acostumbrado al rechazo de sus semejantes, no supo encajar bien su repentina popularidad. Dotado de una cara común que la gente tendía a olvidar, no terminó de acostumbrarse a que de repente lo reconocieran y lo saludaran. Como más tarde le aclaró ante las cámaras su *coach*, no supo rentabilizar la aceptación de los otros, optó por una vanidad un poco fatua cuando de él se esperaba una gratitud emocionada.

Empezó a cansar, al fin y al cabo no había retribución posible para aquel agujero negro de agravios. Lo acabaron expulsando, no se lo tomó con deportividad y, mal aconsejado, llegó a denunciar a la productora y a la cadena. Fue triturado por cuadrillas de abogados superdotados y los vencedores no fueron generosos. Un intento posterior de rentabilizar en tertulias de la competencia sus prolijos enfrentamientos judiciales fue acogido con indiferencia.

Pronto el público olvidó su rostro y dejó de pararle por la calle. Su vida se volvió opaca, tendía a contar su drama a desconocidos en los bares. Hacía muchas llamadas a la policía y paseaba un ridículo foxterrier.

Una mañana una gripe de verano le inmovilizó en la cama, solo y febril. No tenía fuerzas para levantarse y así, mientras su mascota sembraba la casa de heces y destrozaba el mobiliario, Rodolfo volvió a Dios. El vaso de agua y las medicinas sobre la mesita de noche, el dulce estupor de los antihistamínicos, lo llevaron de vuelta a las sencillas certezas de la niñez. Durante horas habló con Él, le comunicó sus más íntimos rencores. Él, que siempre había estado ahí, lo escuchaba todo sin interrumpirlo, ¡cuánto agradó esto a Rodolfo! Le confortaba pensar que nada de lo padecido pasaría al olvido, que una mente omnicomprensiva y justa registraba cada injuria en una vasta e inescrutable contabilidad y ninguna de ellas quedaría sin satisfacción.

La tarde estaba cayendo, oía risas despreocupadas desde la calle, pero adolecían de una irrealidad insoportable. Las sábanas estaban empapadas en sudor. En alguna habitación su teléfono móvil emitió un pitido, reclamando ser cargado antes de que la batería se agotara. Rodolfo sintió sed y una imperiosa necesidad de consuelo real, una mano que acariciara su frente. Mientras la luz que entraba por la ventana se iba extinguiendo, la idea de Dios se desvaneció con tanta rapidez como antes había aparecido. Se sintió indignado por su pasividad y su silencio, su inexistencia le pareció cruel y vulgar.

La habitación se había quedado a oscuras. Rodolfo ni siquiera intentó alargar la mano para encender la luz, entendió que no podría contarle a nadie su decepción y su miedo.

Los visillos se mecieron suavemente. Tras la ventana abierta empezaba a refrescar.

El mal mago

SE HABÍA propuesto no parar hasta llegar al final de aquel repecho, pero tuvo que detenerse a recuperar el aliento, avergonzado, haciendo como que miraba el móvil. Desde la ventana de una academia de baile le llegaba el taconeo de las chicas y el monótono entusiasmo de la voz de la profesora. No encontraba la dirección y el peso de la bolsa de viaje donde llevaba las cosas para el espectáculo lo agravaba todo. La segunda vez que llamó para que le explicaran cómo llegar ya notó un educado tono de fastidio, así que descartó volver a hacerlo. Consideró lo que le quedaba de cuesta, el recuerdo de un terrible día de calor todavía colmaba las calles blancas.

Las copas de unos cipreses altísimos asomaban por encima de la tapia. «¡Hola!». La voz de una chica a través del portero automático, con un encanto descarado, quedó como flotando en el aire mientras el zumbido de la puerta le abría paso. Subió unas escaleras de empedrado flanqueadas por tiestos con aspidistras. Una fuente de piedra refrescaba un angosto patinillo de entrada. Ella llevaba sandalias y una camiseta empapada sobre el bañador, el pelo mojado. Se dio cuenta de que estaba sudando tras la cuesta, pero en seguida comprendió que daba igual, ella sonreía y le dirigía la palabra, pero no se fijaba en él.

—Pensábamos que ya no venías. Ve a hablar con mi madre, está dentro.

Y desapareció ligera bordeando la casa. El mago entró en la penumbra interior por una puerta abierta. Cuando sus ojos se acostumbraron a la semioscuridad se topó en el salón con una mujer de unos cincuenta años inclinada sobre una mesa en la que se apoyaba con ambas manos, la cabeza agachada. Él saludó y la mujer se volvió bruscamente. Se recompuso y le indicó donde debía cambiarse con una voz borrosa, cansada, altiva.

El cuarto de baño de servicio era muy pequeño y hacía un calor agobiante. Allí se maquilló y se vistió de mago. Había engordado y el traje le apretaba y se notaba que le apretaba. Cerró los ojos y respiró hondo. Atravesó el salón hasta el jardín, tocado con una chistera y una capa de raso.

CONTRADIÓS

La visión que se le ofrecía a través de las cristaleras abiertas lo intimidó. El carmen era mucho más grande de lo que imaginaba. Cipreses y palmeras acotaban el espacio del jardín, abundante en limoneros y setos de arrayán, rosales, jazmines y galanes de noche. Olía a cloro y a hierba mojada. Una piscina, a esas horas de un azul denso, espejeaba al fondo, donde los hermanos mayores y sus amigos se permitían un baño tardío, crapulento. Sobre el césped correteaban atolondrados los niños, con antifaces y máscaras. Estimuladísimos por el consumo de azúcar, sus chillidos se confundían con los de las golondrinas volando en círculos al final de la tarde. El porche techado era el mundo de los adultos, sedentes, congestionados, comiendo y bebiendo cerveza helada y vinos caros.

Él no era mago. Fue algo sobrevenido. Hubo un momento en que parecía una manera de sacarse un dinero y aprendió por su cuenta. No practicaba ni estudiaba lo suficiente, pensando que los niños de las fiestas de cumpleaños era un público fácil de engatusar. Utilizaba un disfraz del siglo pasado, un repertorio enfático de chistera y dobles fondos, pañuelos de seda, mecanismos sospechosos, cuando cualquier niñato con sus brazos desnudos y una baraja podía dejarte con la boca abierta en la terraza de un bar.

Él lo sabía, pero por eso había intentado utilizar algo de su experiencia como clown para animar la función. Se decía a sí mismo que no ofrecía sólo magia sino un espectáculo. Como un cabaret para niños, le contaba a los amigos. Pero los niños para los que pensó su espectáculo existían sólo en su imaginación. El mago no tenía hijos. Bueno, había una hija en algún lugar de Alemania, aunque nunca le vio la cara. La infancia ahora estaba resabiada y aquellos viejos trucos les traían sin cuidado.

Aquella tarde estuvo flojo. Los niños, salvo algunas pocas almas de dios, no se concentraban y sus reacciones iban del desinterés a un maligno instinto de adivinarle los trucos y desenmascararlo, negar su magia. El mago los odiaba como la puta odia a sus clientes.

La caravana de los jóvenes, algo excéntrica —si hubieran llevado una pareja de leopardos con correa no hubieran desentonado—, regresaba de la piscina y se detuvo un instante antes de entrar a cambiarse. En el centro, vestido con una chilaba, un muchacho larguirucho, el pelo negro un poco rizado, descansaba el brazo con una gracia desmañada sobre el hombro de la chica que le abrió la puerta. Le susurró al oído algo que la hizo reír.

Lo apenó verlos marchar y meterse en la casa. El traje lo hacía sudar. Se saltó partes del espectáculo, aquello ya era irremediable y quería acabar cuanto antes. Su falta de talento tampoco hubiera tenido demasiada importancia si al menos hubiera estado simpático, pero los niños no conectaban con él, no le reían las gracias ni los aspavientos de mimo y acabó perdiendo la paciencia con ellos en un par de ocasiones. Vio en el porche a algunas madres mover la cabeza con desaprobación.

Mientras se quitaba el maquillaje temía una reprimenda. La mujer le pagó sin hacer ningún comentario. Ninguno. El mago no se atrevió a darle su tarjeta. Sólo quería volver a su cuarto y a sus discos de Silvio Rodríguez, beberse una cerveza y dormir.

Estaba descendiendo las escaleras hacia la cancela que daba a la calle cuando de una esquina le llego una voz ya conocida.

—Eh, mago.

No sabía de dónde venía. En un muro, casi a ras de tierra, había una reja y detrás de ella reconoció la silueta de la chica.

—Tómate una copa con nosotros.

Se quedo desconcertado, pero realmente le apetecía beber. La chica desapareció y oyó una puerta vieja abrirse cerca. Era ella, se había puesto un discreto vestido liviano. Le hizo un gesto con el brazo y él la siguió por un pasillo subterráneo que olía a humedad.

– Mi hermano está deseando conocerte.

Llegaron a una especie de cripta en una penumbra agravada por el humo. Los chicos habían montado allí su fiesta personal. Reconoció al muchacho de la chilaba de antes, que le recibió con un porro en la mano. Vestía unos vaqueros claros y una camisa de lino índigo impecables, iba descalzo. Tenía los ojos achinados de haber fumado muchísimo y una permanente sonrisa burlona. Caía bien. Alex parecía una versión desgarbada y frágil de su hermana. Yolanda y Alex eran mellizos.

Miró a su alrededor, había una mesa de ping pong y en una esquina unos muebles de obra cubiertos con cojines y mantas alpujarreñas donde los chicos y las chicas se dejaban caer. La decoración era abigarrada, caprichosa, allí los dos hermanos habían jugado de niños y allí tenían su guarida adolescente. Aquel era su reino.

Al principio se sentía fuera de lugar rodeado de veinteañeros, niños ricos, ciegos de porros, hablando en un lenguaje privado de alusiones y dobles sentidos. Alex era el constante centro de atención, pero el mago se fijaba en Yolanda. El baño la había desdibujado antes pero ahora se podía fijar en aquella cara. Los mismos rasgos de familia dieron como resultado una cara bonita en Alex y una cara con carácter en

CONTRADIÓS

ella. No volvió a hablar con él. Revoloteaba por todos lados sin dejar de estar pendiente de su hermano. Si Alex era la estrella ella parecía su mánager, lo protegía y también lo vigilaba.

Era difícil resistirse a Alex. Se interesaba por él, le hacía preguntas, se encargaba de que su copa siempre estuviera llena. El mago se fue soltando y empezó a sentir por todos ellos cierta ternura de adulto. Quería caerles simpático, demostrar que no se había transformado en un viejo. Envalentonado por el alcohol, se creció. Les contó historias sobre su infancia de niño de extrarradio, hazañas contra antidisturbios, experiencias con drogas, sórdidas historias de picaresca. Alex nunca tenía suficiente, le azuzaba. Detectó un cruce de miradas entre él y su hermana, como si ella le reprochara algo, pero al fin y al cabo todos le estaban escuchando, se reían, se reían mucho y las chicas le parecían guapísimas. Se encontraba de maravilla y acabó aceptando un par de caladas de un porro.

No le sentó bien. Se puso pálido y lo sentaron sobre los cojines, con los ojos cerrados, mientras todo daba vueltas a su alrededor. Qué mala suerte, intentaba que aquella indisposición no le estropeara la noche, pero no era fácil. Escuchó la voz de Yolanda hablándole al oído. Le puso la mano sobre la frente, le trajo un vaso de agua.

En un momento en que abrió los ojos vio a la madre, discutiendo en voz baja con Alex y lanzándole a él miradas de abierto odio. Al final se marchó. Alex propuso entonces coger los coches y salir a la calle. Incapaz todavía de incorporarse, el mago vio a Alex abrir su bolsa y fisgar su maquillaje. Le cogió el lápiz de ojos y lo usó. Yolanda era partidaria de llevar al mago a su casa, pero Alex insistía en que los acompañara. El mago no quería separarse de ellos aquella noche, no hubiera sido justo. Hizo un esfuerzo y se levantó. Podía andar. Alex le echó el brazo por encima y le colocó la chistera.

—Póntela, te queda bien.

Bajaron a la ciudad a la aventura. Visitaron un par de bares en los que alguna vez había estado y que habían cambiado por completo. Toda esa parte de la noche fue muy confusa. Sabe que habló mucho, quizás demasiado, que invitó a un par de rondas, que intentó coquetear con una de las chicas y que acabaron en una especie de *after* clandestino en un piso destartalado.

Allí los chavales se dispersaron, iban de habitación en habitación, desaparecían en los servicios sin llamarle. Se quedó apoyado en una pared intentando convencerse de que el encanto no se había deshecho. Se sentía cansado, aturdido, no había oído en su vida ni uno solo de los grupos que sonaban, no podía hacer otra cosa que observar a la gente. De nuevo insignificante, empezó a experimentar un odio difuso. Alex se acercó a él y le habló al oído, acorralándole contra la pared. Estaba borracho y no se le entendía nada, le contaba algo indescifrable sobre la cigarra y la hormiga, se le echaba encima, no paraba de empujarle. Yolanda se acercó y se lo llevó a una esquina, donde los vio discutir.

En ese momento sonó una canción que por fin pudo reconocer y se acordó de aquellos bailes de desbloqueo con los que se cargaban de energía en los talleres de expresión corporal. Se puso a bailar sin inhibiciones. En su trance no se daba cuenta de que se apartaban de él para que no derramara sus bebidas y que algunos cuchicheaban. Cuando intentó girar como un derviche acabó cayendo aparatosamente, arrastrando consigo un par de copas de una pareja. No lo ayudaron y le costó levantarse. Al fondo Alex y un par de amigos se reían, volviendo la cara para no ser vistos. Pidió copas para los damnificados y al pagar se dio cuenta con amargura de todo el dinero que se había gastado. Se sentó en una esquina, sombrío y dolorido, se había dado un buen golpe y se había hecho cortes con los cristales, tenía la ropa manchada de barro y Coca-Cola y, lo que es peor, se sentía arrepentido. Yolanda volvió a aparecer y le tocó el brazo.

—¿Estás bien?

El mago asintió. Le agradaba tanto su voz.

—No se lo tomes a mal, Alex es un poco especial, ¿sabes?

El mago quería marcharse, Yolanda insistió en que se quedara, iban a bajar a la playa a ver amanecer.

—Hazlo por mí.

Lo besó en la mejilla y cogiéndole de la mano lo arrastró fuera.

Él iba en el coche de los hermanos. Alex conducía y Yolanda se sentó en el asiento del copiloto. El mago se dejó caer atrás con su bolsa y salieron de la ciudad. Ponían música muy alta, la coreaban. Eran enteradillos, tenían los mismos gustos. Alex hablaba con su hermana como si nadie más estuviera presente.

—Qué ridículo resulta Javier arrastrándose detrás de ti.

—No me he dado cuenta.

—Claro que te has dado cuenta, hasta los enanos del jardín se daban cuenta.

—Es un buen tío, no te metas con él.

—¿Por qué no os enrolláis?

—¿Con Javi?, no, qué va.

—Venga, enróllate con él. Y me dejas mirar.

Se reía.

93
———

—No tiene gracia, no seas asqueroso.

—Venga tía, hazlo por mí.

—Basta ya, Alex.

—Sería guay.

El mago se incorporó.

—Vale ya, ¿no?

Alex lo fulminó con la mirada a través del retrovisor.

—¿Qué pasa, mago?

—Deja en paz a tu hermana.

Por toda respuesta, Alex piso a fondo el acelerador, Yolanda y el mago se quedaron pegados a sus asientos.

—¿Qué has dicho?

—¿No la has oído? Te ha pedido que te calles.

—No corras, no corras, por favor —suplicó Yolanda.

—Imposible. Tenemos que llegar al mar antes de que amanezca.

Alex aceleró aún más. Yolanda quitó la música y el sonido del motor lo llenó todo. El coche devoraba temerariamente la carretera en su carrera contra el sol. Era como si en ese momento sus tres ocupantes estuvieran a la vez vivos y muertos.

—¿Has oído, Yolanda? Dice que te deje en paz. También quiere tema contigo. ¿Hace cuánto que no follas, mago?

El mago se intentó abalanzar sobre Alex y el coche dio un bandazo que hizo que se golpeara la cabeza contra una de las puertas. Yolanda se volvió.

—No te metas en esto.

Luego se volvió hacia Alex. Le habló suavemente, con esa voz.

—Ya está. Venga, despacio, despacio...

El mago se dio cuenta de que Alex estaba llorando en silencio. Yolanda extendió el brazo y acarició la cara de su hermano. Poco a poco, dejó de acelerar y el coche siguió con su marcha normal. Nadie habló durante el resto del viaje.

Cuando llegaron a la playa ya estaba amaneciendo. Dejaron el coche en la arena y se bajaron tambaleándose, alejándose los unos de los otros como una liberación, bajo una luz incierta y sucia. Enseguida aparecieron los demás.

Los chicos caminaban desorientados por la playa, sin mirarse. Aquel amanecer sin brillo y sin alegría no era lo que esperaban. Un entusiasta habló de bañarse desnudos, pero la propuesta no cuajó.

El mago respiraba hondo, hacía mucho tiempo que no estaba junto al mar, quería acompasar su respiración con el sonido de las olas, quería que el mar le dijera algo. A él, el único que en ese momento estaba dispuesto a escucharlo. Alex empezó a tirarle piedrecillas a la espalda.

—Eh, mago. Hazme un truco.

El mago no se volvía.

—¡Que me hagas un truco, hostias!

Una de las piedras le dio en la nuca y le hizo daño. Entonces, sin previo aviso, le salió el chaval de la Chana que llevaba dentro. Sin mediar palabra se volvió y se acercó a Alex de un par de zancadas. Le agarró de los huevos con fuerza. Sintió un júbilo feroz al ver el miedo en su cara y entonces le soltó un cabezazo, uno solo, que le reventó la nariz.

Todos callaron, fue como si hasta el mismo mar se detuviera. Alex se tambaleó y se llevó la mano a la nariz ensangrentada, incrédulo. El mago se dirigió al coche a recoger sus cosas mientras los demás corrían a sujetar a Alex, a punto de desmayarse al ver su propia sangre.

Mientras guardaba la chistera se fijó en un bolso en el asiento delantero. Miró dentro, había una cartera con billetes. Los cogió y se los guardó en el bolsillo.

Se marchaba ya cuando Yolanda se le acercó con un ataque de nervios. Empezó a insultarle, tenía el vestido manchado de sangre de la nariz de su hermano, al que sus amigos habían sentado en la arena. Aquella voz tan suave que siempre le había hablado con dulzura ahora gritaba, estridente. Le llamaba animal, hijo de puta, le deseaba la muerte. Él no se

SALVADOR PERPIÑÁ

volvió, quedaba un buen trecho para la estación de autobuses.

Son ya las diez y media de la mañana cuando Ramón llega a su casa. Su madre está preocupada, pero no le pide explicaciones. Nunca lo hace. No soporta cuando se enfada. Mientras se ducha repara en un cardenal en su costado, con los bordes amarillentos, como una mordedura del tiempo. Oliendo a gel barato se pone unos pantalones de chándal y una camiseta vieja. Deja bajo el azucarero de la cocina noventa euros. Su madre le ha puesto el desayuno en el salón. Se sienta a su lado mientras come, verlo comer la alegra. Ramón devora con el hambre de las noches largas. Al terminar de desayunar se siente de mejor humor y le saca a su madre varias monedas de detrás de las orejas. Su madre siempre se ríe asombrada cuando se lo hace.

Ve que su hijo empieza a dar cabezadas de sueño y le coloca la cabeza en su regazo, acariciando con sus manos rojas, hinchadas, ese pelo débil de Ramón, pensando en el niño tan guapo que era y en la mala suerte que ha tenido.

Los ríos de Babilonia

Noventa y seis.
Noventa y siete.
Noventa y ocho.
Noventa y nueve.
Cien.

Abrió los ojos y parpadeó deslumbrado. El mar era entonces muy azul y muy grande. No había casi nadie en la playa, el sol abrasaba mientras los adultos sesteaban en los bloques de apartamentos. Ellos, mientras, bajaban a jugar. A esas horas el mundo era suyo. Deambulaban al azar, en bandadas, desparramándose por el territorio.

Se incorporó y barrió con la mirada todo lo que le rodeaba. No muy lejos estaba el chiringuito, donde una radio, estruendosa, insuficiente, arrojaba al ardor de la tarde una canción que sonó mucho aquel año y que le encantaba. Se acercó hasta allí con su andar desgarbado para poder escucharla mejor. Boney M cantaban *Rivers of Babylon* y él, pensando que nadie lo veía, la cantó también para sí porque le gustaba oírse cantar. Una risa ahogada salió de detrás de la cámara de las bebidas. Fue embarazoso, pero en ese momento Mario salió corriendo de su escondite y sólo podía pensar en correr con todas sus fuerzas y llegar antes. La carrera fue reñida, cuantas veces extendía sus brazos a punto de agarrarlo Mario se le escapaba y acababa abrazando el aire. Se oyó a sí mismo gritar en un último esfuerzo. Mario aterrizó de un salto sobre la toalla extendida.

—¡Por mí!

Cayó sobre él demasiado tarde. Ambos rodaron por la arena, jadeando, exhaustos. Nunca podía atraparlo. Mario era el mejor escondiéndose, su cuerpo era muy flexible y no le daba asco introducirse donde nadie se atrevía, en rincones umbríos, malolientes, llenos de lodo y verdín.

Mario le echó un brazo sobre los hombros y propuso acompañarlo mientras encontraba a los otros. Le sugirió buscarlos en el cañaveral. No le gustaba el cañaveral y menos a esa hora, hacía un calor sofocante y el pardo de muerte de las hojas secas lo deprimía. Era fácil herirse los pies con astillas, había basuras, frutas podridas, todo aquello que era superior a sus fuerzas.

—Aquí no hay nadie, vámonos.

99

———

—Más para dentro, seguro que están ahí.

Ya no le apetecía el juego, se limitaba a seguir a Mario, que se movía a sus anchas por aquel lugar. A él todo le parecía igual, una monótona sucesión de hileras de caña seca. Mario, por el contrario, parecía seguir un camino conocido. Dejaron a un lado una carroña, una rata muerta con las tripas fuera. Le pareció que habían llegado al centro, si es que aquel cañaveral lo tenía.

—Me meo, vamos a mear.

—No tengo ganas.

—Anda, anda.

Se pusieron uno al lado del otro. Mario empezó a mear sin ningún pudor, a él se le hacía difícil. Interpuso la mano para protegerse e intentó hacerlo, pero no tenía ganas. El chorro de Mario brillaba al sol.

—¿Qué estás mirando?

—Yo no estoy mirando nada.

—¿Es que eres maricón?, ¿no serás maricón?

—¿Qué dices?

Mario se dio la vuelta y comenzó a orinarle en las piernas. Desconcertado como estaba, no los vio llegar. Lo rodearon y lo sujetaron entre cuatro. Uno de ellos le tapaba la boca. Daba patadas al aire pero le cogieron de los tobillos y acabó cayendo al suelo, sobre una mierda de perro que le manchó el pelo y la cara, lo que arrancó algunas carcajadas. Comenzó a llorar. Rápidamente hicieron lo que tenían que hacer. Le bajaron el bañador y le escupieron y le echaron tierra en los huevos. Y entonces dejaron de reírse. Recuperaban el aliento viéndolo en el suelo, la cara llena de mierda, el bañador bajado. Mario cogió una de sus sandalias y la arrojó lo más lejos que pudo. Se marcharon corriendo, asustados.

Durante un instante quedó boca arriba con los ojos cerrados. No quería abrirlos. Le pedía un deseo a Dios, sabiendo que no era como cuando le pedía que la hermana de Mario se fijara en él. Ahora era algo imposible, incluso para su inmenso poder. Le pedía que aquello no hubiera ocurrido.

El hedor le provocó arcadas y tuvo que incorporarse. Se quitó del todo el bañador y lo sacudió para quitarle la tierra. Se lo volvió a poner. Con unas hojas de caña se limpió la cara y el pelo como pudo. Una astilla se le había clavado en un brazo. Se puso la sandalia y se alejó cojeando, con cuidado de no pisar cristales rotos.

Se acercó a la playa, donde no llamó la atención. Se metió en el agua para quitarse la tierra. Se demoró entre las olas como si se pudieran llevar la vergüenza. La sal le dolía en la herida del brazo.

No le contó nada a su padre, que esa noche lo llevó a cenar a un restaurante. Donde quiera que fueran resultaban una pareja anómala, un poco triste. No importa que jugaran a leerse la mente o tener conversaciones rimadas, desde fuera eran un padre y su hijo, solos. Mario entró con su familia y ocuparon una mesa en una esquina. Mario sabía que estaba ahí, pero no lo miraba. Su familia era bulliciosa, y él y su hermana se reían mucho.

Apenas habló durante la cena. Su padre intentaba ser simpático y le pidió que contara cosas de ese día, le preguntaba por sus amigos. Notaba cómo lo desalentaba su silencio, pero sólo quería salir de allí cuanto antes. Había mucha gente aquella noche y no les hacían caso, su padre tuvo que levantarse a pagar a la barra. Lo hicieron esperar un buen rato.

Después de lavarse los dientes salió al balcón. Allí estaba, tomando el fresco y mirando al cielo. Algo le preocupaba. Su padre siempre andaba preocupado.

Le acarició la cabeza. Le enseñó algunas constelaciones y le explicó que la luz de muchas de aquellas estrellas había tardado miles de años en llegar hasta ellos, que probablemente algunos de esos mundos habían desaparecido. Cuando él era mucho más niño le contaba que su madre vivía en una de esas estrellas. Aún lo recordaba.

—

Hablaban en voz baja y el bordoneo grave de la voz de su padre le calmaba. Su padre tenía una voz muy suave, aquel acento dulce delataba que no era de allí. Nunca decía tacos. De repente odió eso, le hubiera gustado que blasfemara, le hubiera gustado aprender de él esas palabras sucias, feroces, que decían los otros niños.

Su padre lo estrechó contra su pecho. Le dijo que lo quería y que aunque estuvieran solos nadie podría con ellos. Añadió algo.

—Algún día recordarás estos años como los mejores de tu vida.

Sentía a través de la oreja aplastada contra el pecho el latido de su corazón. Pensó en un hígado de vaca, como los de la carnicería, agitándose. Su mentón sin afeitar le rascaba la frente al hablar.

¿Le habrían hecho también a su padre esas cosas que le hicieron hoy? Frente a ellos el misterioso camino hasta la playa, tras la última farola del paseo. Le daba miedo cuando miraba de noche por su ventana. La intimidad del abrazo lo sofoca ahora y sólo ve un kiosko, una farola, un camino entre los cañaverales, el cartel descolorido de un circo.

Después se llega al mar, y en el mar se acaba todo.

Nómadas

I

AQUEL DÍA habían estado bien. Por la mañana cogieron el coche y fueron a un supermercado a aprovisionarse. Compraron un vino más caro que de costumbre, ellos que siempre andaban midiendo los gastos. Ella se fijó en una lámina enmarcada de oferta, una reproducción de un cuadro de Klimt, le gustaba. La ayudó a colgar el cuadro. Era la primera cosa que añadían al apartamento, que ahora parecía más suyo. Por la tarde bajaron andando hasta el mar. La tarde era deliciosa. Camino abajo de la colina se podía atajar por un sendero que atravesaba una urbanización a medio construir, abandonada tras el estallido de la burbuja. Él nunca quería pasar por allí, pero esta vez se dejó convencer. Hubiera llegado a ser una urbanización como la suya, pero se quedó sin acabar, una

SALVADOR PERPIÑÁ

ciudad fantasma, un apéndice necrosado de aquel organismo de terrazas escalonadas, jardincillos colgantes, cúpulas y muros rojizos que se extendía como un liquen, cubriendo las colinas. Ella pensaba que sería una localización genial para una película apocalíptica. Junto a una ferralla oxidada devorada por las amapolas un caballo viejo ramoneaba hierbajos. Su verga enorme oscilaba lentamente, brillando bajo el sol. Les hizo mucha gracia.

El mar los calmaba. Sentados en el pretil del paseo, muy poco concurrido a esas alturas del año, echaron un rato largo contemplando en silencio el paso lento, fantasmal, de un carguero por la línea del horizonte. Ya empezaba a refrescar. Ni siquiera les importó que una vieja, que solía pasear fumando mientras estaba pendiente de las nerviosas carreras de su perrazo, los reconociera y los saludara.

Les apeteció tomarse una copa en un bar. Cualquiera valía con tal de que no hubieran estado antes. Era una de las normas. Tomaron ron con Coca-Cola y gin-tonic. Ponían buenas canciones de toda la vida, de esas que todo el mundo conoce. Les resultaba acogedora la ilusión momentánea de habitar un pasado en el que no había ocurrido nada irremediable. Llenaron y hasta hablaron un poco en su mal español con la camarera, que los invitó a un chupito.

105

Cuando bebía él llegaba a perder el control y era muy importante no llamar la atención, pero era agradable ver como se permitía ese pequeño abandono después de tanto tiempo. Así que se olvidaron de todo y ya en casa siguieron la fiesta en la terraza. Pusieron música con el portátil, bailaron, se bebieron la botella de vino, se rieron.

El ruso de un apartamento más abajo empezó a maldecir a gritos. Ella temió que la liara y ya se disponía a calmarlo cuando él apagó la música y sin mediar palabra dio por terminada la noche pasando dentro. No se esperaba esa docilidad. Se sintió algo ridícula en aquel silencio y sólo entonces se dio cuenta de qué oscuro estaba todo. Venía un frío malo del mar.

Desde el baño le oyó comprobar que la llave estaba echada y entonces supo que todo volvería a empezar.

II

Cuando abrió los ojos él ya no estaba en la cama. Lo llamó, nadie respondió. Fue en pijama al salón, había cogido la cazadora. Se asomó a la terraza, era un día feo y el mar estaba gris y luego todos aquellos apartamentos vacíos que nadie compró, extendiéndose hasta donde abarcaba la vista. Había perdido el hábito de beber y se había levantado con mal cuerpo. El ruso levantaba pesas en su terraza, con el torso desnudo. Siempre se preguntaba cómo serían las vidas de sus escasos vecinos.

La puerta se abrió y él entró desde la calle junto con el olor fuerte de las hierbas del descampado. Ambos se comportaron como si nada pasara, él hizo el desayuno, como todas las mañanas, y después de recoger la mesa limpiaron la casa. Procuraban mantenerse activos, llevar rutinas. Ayudaba.

Empezó a pensar en las cosas que se llevarían con ellos esta vez. Ya estaba acostumbrada. Esa mañana hizo varias listas mentales, pero las rehacía una y otra vez porque la interrumpía constantemente hablando por hablar. Le fastidió que buscara conversación, él nunca fue de mucho hablar y era algo que a ella no le desagradaba, aunque le gustara su voz, a rabiar, como le gustaban sus hombros, sus andares, aquella cara fea que tenía, el moreno perpetuo de haber vivido en el mar. Le gustaba hasta la manera que tenía de agarrar las cosas. A sus amigas del hospital no les caía bien. Lo encontraban arrogante, aburrido. No las echaba de menos, ni a ellas ni a su país, no echaba de menos nada, todo estaba bien. Pero ahora él hablaba demasiado y ella sabía que era el temor a callarse, a que apareciera entre los dos aquello que a veces hacía insoportable los silencios, aquello que intentaban acostumbrarse a fingir que olvidaban.

Por la tarde, mientras veían una serie de televisión tirados en el sofá, él se levantó de un salto y salió a la calle sin dar explicaciones. No la enfureció tanto que la dejara sola como que faltaran aún un par de horas para dar su paseo. Cada vez que se rompía una rutina era como cuando se hace una grieta en un parabrisas y todo puede venirse abajo. Cuando regresó, ella estuvo horas sin dirigirle la palabra.

La despertó de un mordisco en la nuca, se dio la vuelta y lo rodeó con sus brazos, no abrió los ojos al besarlo, ni al desprenderse de su ropa interior con los movimientos leves de una nadadora.

Le costó dormir después. En algún sitio un perro no dejaba de ladrar. Le vino el sueño abrazada a él, acariciando una ancha cicatriz en su espalda. La había cosido con sus manos, las yemas de sus dedos se la sabían de memoria, podía leerla pero sin entender lo que le decía. Mientras se iba durmiendo pensaba que siempre podría volver, que cuando quisiera podría llamar a su madre y que él sólo conducía y nunca entró con los otros en aquella casa. Se quedó fuera, en el coche, esperando.

108

III

Con el cambio del tiempo las cañerías empezaron a apestar, no era un olor intolerable, más bien como una tenue, insistente presencia cenagosa. No volvieron a bajar al pueblo. Si había que comprar algo recorrían kilómetros y kilómetros, a veces yendo más allá de Estepona. Durante los trayectos pensaba en qué poco cabría esta vez en aquel maletero si llegaba el momento. Por mucho que se esforzara por disimular, se lo notaba. Era la manera de fijarse intranquilo en un vehículo aparcado a lo lejos mientras daban un paseo sin alejarse mucho o cuando encendía un cigarro tras otro asomado al balcón, al acecho de cualquier movimiento anómalo. Era lo de otras veces, pero ahora había en su cara algo más que miedo, había resignación. Una resignación de hombre mayor.

Aquella mañana se cumplían tres años de aquello, pero ninguno lo mencionó. Simplemente nadie encendió el televisor. Fue un día horrible y no podía haber acabado de otra manera. No paraba de llover y la casa se les caía encima. Estaban jugando a las cartas y él soltó una opinión que la irritó. Ella sintió una rabia sin motivo. Lo atacó, se burló de la simpleza de sus ideas, puso en evidencia su ignorancia sobre tantas cosas. Para defenderse él intentó reírse de sus aires de niña de colegio de monjas, como solía hacer, pero se dio cuenta de que ahora resultaba ridículo y se acabó callando. Al meterse en el dormitorio dio un portazo. Ella estaba convencida de que mañana a más tardar él tomaría la decisión de marcharse.

Se le antojó cenar pasta. Estaba esperando a que hirviera el agua cuando escuchó el golpe en el baño. Cuando entró el suelo estaba encharcado, había sangre por todas partes y él estaba con medio cuerpo fuera de la bañera, desnudo y furioso. La boca, encima de los ojos, maldecía. La ducha serpenteaba y lanzaba agua en todas direcciones. Se apresuró a cerrar el grifo y lo miró. Al caer había roto un toallero y un tornillo le desgarró la palma de la mano derecha.

Mientras intentaba tranquilizarlo entró en el dormitorio y abrió el armario. Hasta aquel momento ella había pensado que lo de temblarte las rodillas era una frase hecha. Tenía un botiquín bien provisto que nunca les abandonó, lleno de cosas que se llevaba del hospital. Fue a la cocina y agarró una botella de ron. Se echó un chupito y lo bebió de golpe. Le llevó la botella, la iba a necesitar. Había perdido algo de destreza, pero le limpió la herida, la suturó y la vendó. Tuvo que darle tranquilizantes y le inyectó una ampolla de Nolotil que lo dejó aturdido hasta que le venció el sueño.

SALVADOR PERPIÑÁ

Se le había quitado el hambre. Aprovechando que él dormía, buscó en los canales internacionales. Cada vez le dedicaban menos espacio. Volvieron a salir aquellas imágenes. Siempre eran las mismas. Ambulancias, velas, flores y fotos a las puertas de una casa de ladillo rojo. Algún familiar avejentado, desvaído, como si apenas existiera. Apagó la televisión. Recogió la cocina y comprobó que la puerta estaba cerrada. Se asomó a la terraza y se fumó un cigarrillo. Luego apagó las luces una a una y se acostó a su lado. A veces la despertaban sus temblores, la herida no era buena, tenía que doler.

IV

No acudir nunca a un hospital era otra de las normas. La mano tardaba en curarse y la herida se infectó un poco. Les quedaban unos pocos viales de amoxicilina, estaban pasados de fecha pero algo podían hacer. El problema era el dolor, él no lo resistía bien así que ella le daba cuantos tranquilizantes y analgésicos le pedía. Incapaz de conducir, de defenderse, pasaba el día en un torpor indiferente, viendo la televisión. Ella dejó de hacer listas con las cosas que se llevarían.

Ahora salía a comprar sola. Él hacía bromas degradantes con que no volvería y lo dejaría tirado. Era verdad que tardaba más de la cuenta. Lo dejaba solo muchas horas. Mientras conducía le resultaba agradable ver de nuevo el mundo con sus propios ojos. Un mundo que los había olvidado, lleno de seducciones, de novedades. Pensar que podían entrar de nuevo, anónimos, sin historia, absueltos.

Aquella tarde no se quiso privar de un paseo por el palmeral. Estaba muy concurrido, gente de todas las edades iba a sus asuntos o perdía el tiempo al sol. Paseaban, discutían, corrían bañados en sudor, se hacían fotos. En las terrazas de los bares se enamoraban, cerraban negocios. Un niño muy pequeño tropezó y su madre corrió a levantarle del suelo y le azotó el culo para quitarle la tierra. Se compró un polo. Sentía, como en una borrachera ligera, que formaba parte de todo aquello, que no era diferente en nada.

«¿Tú qué miras?». Un chaval se estaba haciendo el gracioso a su costa delante de unas chicas. Tenía razón, igual había sido demasiado descarada.

Ya en el centro comercial, mientras bajaba por las escaleras mecánicas se cruzó con una mujer que subía en las de al lado y que se le quedó mirando. Una luz cruda hacía clamorosa la abundancia en los pasillos del supermercado. Las cámaras de seguridad hacían que todo pareciera un plató. La calefacción estaba demasiado alta y las voces de megafonía la ponían nerviosa, como si fueran a dar una mala noticia. Le asqueó la lentitud ausente con la que los clientes empujaban sus carros, demorándose ante toneladas de comida desplegada en orden. Al pasar por la zona de cosméticos que no podía comprar se miró en un espejo.

Al llegar a casa, después de meter las cosas en el frigorífico, le inyectó el último vial de antibiótico que quedaba y a la mañana siguiente, sentada en el sofá, se le pasó por la cabeza que podría llamar a su madre.

V

Aprovechó que él se estaba echando una siesta. Salió a la calle y buscó un sitio donde hubiera una buena cobertura, no podría soportar una conversación como la que iba a tener llena de frases a medio oír y malentendidos. Bajó a la piscina, el sol blanqueaba sobre las losas duras. Se había encendido un cigarrillo antes de marcar cuando reparó en que no estaba sola. Reclinada en una de las tumbonas, una vecina a la que alguna vez había visto tomaba el sol, protegida por unas gafas oscuras. Era mayor que ella, andaría por los cuarenta, se conservaba bien. Tenía unas bonitas piernas y le dirigió la palabra. Tras varios intentos fallidos acabaron entendiéndose en un inglés medio chapurreado. Se acercó a ella y se sentó a su lado a fumar. No entablar amistades era la norma de la que se seguían todas las demás, pero aquel olor a bronceador le recordaba veranos pasados y le hacía sentirse bien. Y era una voz diferente a la que escuchaba a diario, y los gestos y todo. Le pareció de lo más natural cuando tras un buen rato recogió su toalla y su bolso y la invitó a beber en su apartamento. Le apeteció la idea de emborracharse y conocer a alguien.

La siguió por el laberinto de corredores exteriores, patios y escaleras que conducían a su domicilio. No sabía si sería capaz de encontrar el camino de vuelta, pero esa sensación de abandonarse, de perderse, le resultó agradable.

La planta de la vivienda era idéntica a la suya, sólo que esta era la casa de alguien que había decidido pasar en ella mucho tiempo. No le gustaba la decoración, había demasiadas cosas y no eran bonitas. Tenía de todo para beber, tanto que le costaba elegir. Puso entre ambas una cubitera llena de hielo y limones.

Su marido estaba de viaje. Hablaba con un desdén inaudito de él, el desdén con el que se habla de aquellos a quienes se teme. No le gustó esa manera de rajar. Él aparecía en la mayoría de los portarretratos que atestaban el salón. Era como el suyo, uno de esos hombres. De repente le molestó tener eso en común con ella, que no paraba de llenarle la copa. Sólo cuando encendió una lamparita *tiffany* se dio cuenta de lo borracha que estaba y de cuánto tiempo llevaba fuera. Su vecina se levantó y se disculpó porque le había venido la regla.

Mientras oía los manejos de su vecina en el baño y el zumbido de sus oídos pensó en él, todavía esperándola. Podría ocurrir en ese mismo momento lo que tantas veces había imaginado. Caída la noche, después de años de caza, unos pasos llegan finalmente hasta la puerta. Él está herido y no puede defenderse. Todo acabaría así y quizás así debía ser.

La vecina entró de nuevo, se había puesto un chándal. Le volvió a llenar una copa, aquella mujer no tenía fondo. Si el alcohol le había creado al principio, como siempre le pasaba, la expectación de algo divertido, especial, ya había visto que no iba a ocurrir nada. Era una persona sin interés, como todo el mundo. Le resultaba fastidioso andar con cuidado a la hora de responder a sus preguntas. Pensó que era preferible la soledad a tener que fingir.

115
———

La luz de la lámpara le revelaba ciertos rasgos de su interlocutora. Alguna arruga simiesca sobre los labios, una quemadura en el antebrazo. Se dio cuenta de que apenas habría cuatro viviendas habitadas en esa parte de la urbanización, separadas entre sí por el silencio de cientos de habitaciones vacías, a oscuras. Le pareció tan lejos su casa limpia, con pocos, impersonales, tranquilizadores muebles. Esta, con su feo abigarramiento, parecía como una mutación sórdida, inaceptable. ¿Qué clase de personas había querido echar raíces en un sitio así?

Cuando su anfitriona empezó a manifestar deseos de volver a verla y a hacer planes que la incluían, se levantó de golpe con la cabeza dándole vueltas. No quería estar allí. La vecina insistió en que tenía mal aspecto, en que podría prepararle una cena. No quería comer nada cocinado por las manos de aquella mujer. Cuando fue a besarla para despedirse la empujó:

—No me toques, puta.

Se perdió a toda prisa por la confusión de escaleras y pasillos que subían y bajaban pegados a la colina. Estaba tan borracha que no se daba cuenta de las veces que pasaba por los mismos sitios. Una galería la llevó hasta al enrejado de la piscina y tuvo que retroceder. Se sentó para pensar y calmarse junto a una jardinera sin plantas. Un grillo andaba por allí y no muy lejos el perro de todas las noches empezó a ladrar de nuevo. Entró a oscuras y avanzó dando tumbos hasta el dormitorio. No quiso encender la luz, no hacía falta. Se sentó al borde de la cama. Se quedó escuchando su respiración mientras dormía. Luego hubo un silencio, había despertado. Lo oyú incorporarse.

—Ya no me duele la mano.

Le habló en un susurro, aunque sabía que nadie en la tierra les escuchaba.

—No te lo volveré a preguntar, pero necesito oírlo de ti.

Vio sus ojos brillar en la oscuridad.

—No entré en la casa. En ningún momento me bajé del coche.

Ella asintió, se quitó un zapato y cayó en la cama vestida. Él le quitó el otro zapato y le echó la manta encima.

VI

Cuando despertó ella no estaba. Se levantó, no había nadie en el salón. Intentó hacer el desayuno, pero no pudo porque la mano aún no podía agarrar nada. La puerta de la calle se abrió y ella entró.

—Coge lo que puedas, vámonos ya.

Él no dijo nada. Arramblaron con lo que pudieron y lo metieron en bolsas de viaje. Bajaron al garaje por las escaleras, no quiso coger el ascensor. Echaron las bolsas en el maletero. Ella arrancó. La puerta automática ascendió lentamente. El día era bueno. Descendieron la cuesta apretando el acelerador. No lo vieron venir. Al salir de una curva se toparon con el caballo de la urbanización abandonada, dando vueltas asustado, golpeando con los cascos la acera y el asfalto. Un hombre intentaba agarrarlo. Dio un volantazo y creían haberlo esquivado, pero oyeron un golpe. Ninguno hizo el asomo de detenerse, en el retrovisor lo vieron cojear lastimosamente y doblar los cuartos traseros.

Entraron en la autovía sin hablar y se incorporaron al flujo denso del tráfico. Se dirigían al oeste, hacia Portugal, a toda velocidad. Aferrada al volante, miraba aquellos lugares a los que no habían de regresar. Lamentó no haberse detenido en ellos antes, no haber sabido retenerlos para los años por venir. Se había dejado el botiquín y un sobre con viejas fotos. Una a una le iban viniendo a la cabeza las cosas que no había cogido en las prisas del último momento, todos aquellos objetos que habían llenado horas de su vida, abandonados en sus cajones. Él le tomó una mano y se la besó. Entrecerró los ojos y echó la cabeza hacia atrás. Poco a poco los rasgos de su cara se suavizaron, como si algo lo colmara, algo que por fin ella entendió con una claridad que era casi un alivio.

Mientras palmeras y neones volaban contra ellos hacia el olvido, supo que huir era su única alegría, que él no se quedó esperando en el coche y entró en la casa de ladrillo rojo, y lo que hizo allí era ya parte de ella misma.

Hacia Portugal, a toda velocidad, supo que nunca llamaría a su madre y que jamás volvería a quererlo como lo quería en ese momento.

CONTRADIÓS

ÍNDICE